POURQUOI LES FEMMES PLEURENT

DU MÊME AUTEUR

Romans :

Aux Éditions Grasset

UN AMOUR INTERDIT, 1984 (prix de la Société des Gens de Lettres).
CHARHOUZ LE VOYANT, 1985.
L'ENFANT HALLUCINÉ, 1987 (prix Renaudot).
LES LARMES DE LUCIFER, 1989.
L'AMOUR ÉPOUSE SA NUIT, 1990.

Aux Éditions Gallimard

LE NOIR DE LA VIGNE, 1948.
FANTÔMES AU SOLEIL, 1949.
EMPREINTES DANS LE SEL, 1950.
LE POIL DE LA BÊTE (prix des Deux-Magots), 1951.
LE MÂT DE COCAGNE, 1953.
LE MEUNIER, SON FILS ET L'ÂNE, 1954.
LE BLEU D'OUTRE-TOMBE, 1956.
UNE MAIN DE FER, 1960.
LE RAMONEUR DE NEIGE, 1962.

Nouvelles :

LA ROSE DE NOËL, Gallimard (prix de la Nouvelle), 1964.
LE MIROIR DE L'OGRE, L'Âge d'homme, 1985.
LA NEIGE EN ENFER, Maren Sell, 1987.

Essais :

LA QUERELLE DES IMAGES, Cailler, Lausanne, 1950.
LE CŒUR POURPRE, Cailler, Lausanne, 1951.
LA PEINTURE AUX ABOIS, François Bourin, 1989.

Théâtre :

LA RÉVÉLATION, Gallimard, 1961.
ARC-EN-ENFER, Gallimard, 1963.
LES VOIX DANS LA COUR, Gallimard, 1964.
LA FEMME ET LES MASQUES, L'Âge d'homme, 1989.

Poésie :

LA NAISSANCE DU POÈTE, Guy Lévis Mano (prix de Mesures), 1939.
COMME UNE ROSE DE SEL, Fontaine, Alger, 1942.
PEINDRE LA MÉMOIRE EN BLEU, L'Âge d'homme, 1985.

RENÉ-JEAN CLOT

POURQUOI LES FEMMES PLEURENT

roman

BERNARD GRASSET
PARIS

I

Lasse des furieux orages de septembre, Mademoiselle Lhers montait lentement le vieil escalier qui conduisait au grenier de sa maison. C'était une grande bicoque vétuste qui avait gardé quelque chose de fier. (L'époque où la maison avait été bâtie était cossue.) C'est avec pas mal de désinvolture que le bâtiment s'était métamorphosé un jour en pension de famille. Vers la cuisine on voyait de larges raccords de plâtre dont le blanc spectral jurait lugubrement sur le gris terne du mur. Dans les allées du jardin, des chaises pliantes presque toutes rouillées dressaient leurs formes contordues en plein vent. Naufrage naturel plein de rouerie quand il s'appelle sculpture dans les Salons de Paris. Méchante impression en arrivant, il fallait tout de suite commencer par repeindre les murs, mais rien ne se faisait jamais et les hivers sont rudes à Clermont-Ferrand.

Depuis la mort de ses parents Mademoiselle Lhers

dirigeait la pension avec un coupable laisser-aller. Les pensionnaires étaient des vieillards hébétés et pieux. Comme les aveugles de Breughel ils avaient l'air d'être tombés tous ensemble dans un piège obscur : la soupe de la pension, abondante comme un lac tiède où l'on pouvait à la fois prendre des forces secourables ou se noyer. Sans récriminations inutiles les uns se résignaient à vivre et les autres mouraient avec une grimace consciencieuse.

Mademoiselle Lhers était une tendre bécasse qui allait avoir quarante ans. Elle mourait d'envie d'aller frapper à la porte des agences matrimoniales de la ville pour trouver un mari, autour d'elle les fiancés possibles incitaient à la réserve, ils ressemblaient à des aides-bourreaux de la fin du siècle dernier. Le visage de la vieille fille était lisse et laissait paraître ses sentiments. Comme elle était douée pour se taire on l'écoutait volontiers quand elle parlait. Les mots tremblaient sur sa bouche avec un mélange de regret et d'effroi. S'exprimer au grand jour fait mal à ceux qui souffrent dans les ténèbres. Dormir seule la conduisait aux enfers car les enfers sont faits aussi de draps glacés, d'absence et de silence.

La nuit une âme en peine, par le fait même qu'elle existe, subit seule toutes les épreuves de la terre. Le plus souvent le temps passait lentement mais à d'autres moments il était comme un danseur, prompt et vif, exécutant un numéro de cirque.

Le grand plaisir de Mademoiselle Lhers, plaisir

indicible et toujours nouveau, toujours recommencé, c'était de traverser la plus large avenue de la ville avec un aveugle à son bras. Tout près, presque à toucher la pension de famille, s'élevait un institut pour non-voyants. Mais attention, la vieille demoiselle (on ne l'est pas encore à quarante ans) choisissait de traverser l'avenue alors que le feu n'était pas pour elle. Rouge! Rouge comme l'enfer. C'est l'heure de mourir, toute autre inquiétude est futile, Mademoiselle Lhers a fermé ses yeux, elle veut en finir tout de suite. Assez de conversation à l'ombre. La force mâle d'une femme vierge choisit de mourir au soleil. (Bien sûr, elle entraîne un aveugle avec elle, c'est fâcheux.)

Tel était le décor d'un crime exécuté froidement dans la lumière. Le feu est rouge, on entend le bruit des roues, la garce de femme a peur affreusement, elle serre les fesses en avançant avec l'aveugle, elle ferme son cœur, elle ferme toujours les yeux, elle a fermé la porte de l'église aussi. Bonsoir à tous, je ne vous haïrai plus. Des bouffées nauséabondes d'essence montent à ses narines. Elle a peur mais son esprit se repose avec le petit Jésus dans la crèche. Serait-elle tuée sur le coup? Qu'importe, c'est l'aveugle qui compte, lui seul. Il respire une suave odeur de poudre de riz venue de la poitrine de la femme. Dieu soit loué, voilà une chose bonne dans cette boue!

Des secondes s'écoulent. Mademoiselle Lhers va s'en tirer encore une fois. Ses yeux sont toujours fermés. Elle s'obstine dans le noir comme l'aveugle. Il a confiance, il va bon train au bras de la femme. (Dieu les regarde?) La mémoire de l'aveugle est comme un silo plein de blé. Ai-je dit qu'au départ, face au feu, l'horrible teigne s'est emparée d'autorité de la main du malheureux? Pas un mot. L'aveugle a senti les doigts de la femme, il a marché. Jamais Mademoiselle Lhers n'aurait fait traverser l'avenue à une femme aveugle. Toujours un homme. Qu'il crève avec elle. On dirait qu'il sourit. Quoi de plus beau au monde que le sourire doré de l'aveugle?

Mademoiselle Lhers en a plein le dos de vivre. Ses cheveux vont bientôt blanchir. Poitrine, ventre et cuisses sont comme fauves désolés dans un zoo. Dieu dans l'azur rigoureux préfère les morts aux vivants, on le sait. Sans revolver en main Mademoiselle Lhers jouait avec ses jambes à la roulette russe. Déraisonnable suicide. Perversité. Crime. Elle pensait que l'aveugle souffrait lui aussi sur la terre. Femme folle, brave comme le sont tant d'agrégées de grammaire qui méprisent les romans. Vieille sirène exaltée sur son rocher austère. En ce moment terrible elle témoignait d'une grande virilité en refusant l'absurdité mélodramatique de l'existence. Certes l'aveugle n'avait pas été consulté. La mort que la demoiselle cherchait à lui imposer était pareille à une fornication brutale en pleine rue. Oui, c'était cela, une fornication.

Les autos s'arrêtaient à un mètre du couple sacré. (Le mot sacré est-il convenable?) Coups de frein, transes variées, yeux révulsés des chauffeurs. Ils admiraient le courage de la femme et n'osaient pas l'injurier. Dans l'odeur de l'essence l'aveugle respire l'odeur de la rose qui monte du corsage de sa compagne.

Dieu seul aurait pu dire le nombre de fois où Mademoiselle Lhers s'était risquée à ce jeu démoniaque. Ainsi les femmes qui ont beaucoup souffert peuvent-elles aider les aveugles à traverser les rues. Il y a en elles une maîtrise de soi surhumaine. Une ambition plus haute que vivre les anime : sortir à jamais de la vie.

II

En femme douée de prudence elle approcha lentement son visage de l'œil de bœuf poussiéreux installé dans un angle des murs. Telle est souvent la situation : on est curieux de voir, sachant que rien ne vous surprendra. Dans ce cas, pourquoi observer le vide ? Le paysage qu'elle découvrait était encore plein de sommeil. Qu'espérer de lui ? Le gris à perte de vue dévorait les exquises nuances de rose et de bleu. Carte postale impressionniste. Des toits sous lesquels on se querelle, des maisons où l'on reprise des chaussettes. Tout cela ne valait pas l'aumône d'un regard.

« Qu'as-tu toujours à être amère, se dit-elle, est-ce de ta faute si tu n'es pas encore mariée ? »

Elle avait une figure plaisante, finement dessinée, on ne lui donnait pas son âge. Personne ne l'avait aimée d'amour. Dans sa rancœur elle tissait un fil de soie qui coupait comme un rasoir. Est-ce par manque d'imagination que les êtres se laissent vieillir ? Naturellement elle avait eu des amoureux, mais ils s'étaient mystérieusement évaporés sans laisser derrière eux une trace rouge sang. À la pensée de la revoir les hommes témoignaient d'une exquise pudeur. Elle ne les revoyait plus.

Se marierait-elle ? La question posée chaque jour lui poignait le cœur. Mais il faut y penser, il y a des hommes qui aiment une femme et qui ne le lui disent jamais. Dans ce cas comment les encourager ? Leur dire : Poussez ! Allez-y ferme ! Comment les reconnaître puisqu'ils ne se découvrent pas ? Hommes pleutres ou goujats, cupides presque toujours. Ceux-là se déclarent tout de suite pour prendre. Ils n'aiment que le temps nécessaire pour se déshabiller, retomber ensuite dans leur crasse erratique.

Louise Lhers chérissait la couleur bleue, les plantes vertes, la confiture d'oranges amères, les uniformes, les cierges qui se consument dans les églises (flammes anesthésiées dans le divin), les sapins, la messe de minuit (opéra si cher à l'univers chrétien) et, faut-il le dire (oui, il faut le dire), elle adorait les abominables poèmes obscènes de Verlaine qu'on n'apprend jamais à l'école.

Dans sa jeunesse elle avait souffert d'étranges troubles, de visions et même d'hallucinations, elle se réveillait parfois la nuit en poussant des cris de terreur. Dans la journée elle avait un rire violent, sonnant clair, qui inquiétait les bonnes gens. C'était comme une joie délurée cachant un chagrin. Étrange chose. Que dire encore à son sujet ? Elle portait des tailleurs stricts, de longues jupes, des corsages ajustés qui mettaient en valeur sa poitrine robuste. Par peur, bien plus que par timidité elle avait vécu à bonne distance de ses désirs. Sa tendance à prendre du ventre était son chemin de croix. Les figures brutales des hommes la fascinaient. Et pas seulement les visages, tout en eux, inattendu, sournois, rude, enflé, cru, indécent. (Oh dame gris souris de quarante ans, cachez-vous dans un trou profond !) Les hommes étaient pour elle une menace pareille à la moiteur d'une maladie. On peut peut-être en mourir. Justement...

Les événements qui nous concernent surgissent à la manière des voleurs, ils nous pillent mais on ne peut que se taire en regardant une meule de foin peinte par Monet. Louise ne cessait de se souvenir d'un homme qui marchait de long en large, en fin d'après-midi, dans le couloir sombre d'un hôtel de Dieppe où sa mère l'avait entraînée pour passer des vacances. À la vue de la jeune fille l'inconnu s'était arrêté de déambuler pour la considérer avec un stupéfiant sans-gêne. Bizarre type, assurément étranger à l'hôtel. Que voulait-il ? Oh, comme elle se souvenait de ce drôle ! Il semblait avoir surgi tout à coup de la bimbeloterie dorée de l'été pour la briser, en faire jaillir l'encre noire qui s'y cachait dans la journée. En dévisageant la jeune fille d'une façon impudique, c'était comme s'il essayait de la prendre dans ses bras. De pareilles choses ne devraient pas être permises en pleine ville, dans un hôtel convenable. Et le plus odieux c'est que Louise (elle avait alors dix-huit ans) ne pouvait pas faire un mouvement, les pieds cloués au sol comme par un maléfice.

L'abominable face-à-face avait duré quelques minutes à peine. Elle avait été choquée, se sentant déshabillée. Où était l'ordre public ? Sa mère vautrée sur le sable de la plage à ce moment n'avait rien su. Et durant des années de sa vie, ensuite, à des moments absolument imprévisibles, ce fou l'avait poursuivie pour la persécuter. Le plus extraordinaire c'est qu'il disparaissait pendant des mois, puis il revenait profitant de son désarroi, de sa déprime. Ce qui était terrible pour Louise, c'est qu'elle se sentait responsable de la vision, partageant avec elle une sorte de complicité immonde dans un espace enfiévré de peur. Mais pourquoi, pourquoi avait-elle été choisie par le sort pour subir ce voyou et son offre obscène ? *Pourquoi elle ?* Qui pouvait empêcher l'homme de revenir ? Ce qui était inexplicable c'est qu'elle l'avait vu dans ses rêves et parfois même en plein jour, il marchait devant elle puis brusquement il se retournait pour la dévisager. Aucun mot jamais n'était prononcé.

Les autres femmes voyaient-elles aussi ces voyous ?

La réalité et le fantastique se mêlaient naturellement dans le cerveau de Louise. L'une était l'horreur surgie de nulle part, figée dans l'allégresse du mal ; l'autre, animée par le pouvoir d'une force démoniaque. Et pendant ce temps les cloches des églises sonnaient, on célébrait des messes, des actions de grâce, des baptêmes ! On cherchait à l'avilir. Que diraient ses parents s'ils venaient à apprendre son secret ? Une froide lassitude la gagnait. Après chacune de ces apparitions il lui semblait s'éveiller d'une profonde agonie. Devait-elle chercher en elle la source de cette puissance d'illusion ? Cette pensée l'effrayait.

L'inconnu menaçant était la mort peut-être. Louise avait vu la mort avec son sexe rouge pointé sur elle. Si jeune on l'avait tuée. Elle avait perdu sa fraîcheur, sa gaieté, ses rêveries. Seule subsistait la menace. Dans la rue elle sentait toujours un danger pareil à une présence charnelle aux aguets, présence méchante et parfois souriante. Oh, fuir les serpents échappés à leur limon primitif ! Ils errent d'une rue à l'autre. Fuir les démons, les beaux musées, les églises, les Palais de Justice, fuir sa mémoire, fuir son sang ! Entre folie et mort n'avoir plus besoin d'exister.

Louise l'avait appris bien jeune, l'homme n'a pas d'autre but, d'autre mission sur la terre que de déshabiller une femme.

« *Oh,* pensait-elle, *c'est dommage qu'ils ne meurent pas tous à la guerre. Qu'une autre guerre les emporte !* »

À qui se plaindre ? À sa mère ? Mais sa mère s'était mariée. Elle aurait trouvé ce sexe naturel et banal. Comme le ciment est naturel et banal sur votre corps au cimetière. Ô vie vouée aux rires de la télévision ! Les roses devraient s'élever, leurs pétales dans la terre, la queue et les épines se nourrissant de la haine du monde. Les agressions, les meurtres, les viols. Tous saturés d'animalité, inchangés depuis la préhistoire. Comment vivre dans les jardins pour oublier ces choses ? Le mépris de soi que vous inculque le bourreau après vous avoir caressé, comment l'oublier ? Seule la sève est pure sur la terre et les arbres n'ont ni sexe ni mémoire.

III

Fait de buée et de brume l'inconnu de Dieppe n'existait pas. Louise était malade. Elle guérirait un jour, elle guérirait! Les choses changeraient-elles après son mariage? Mais comment se marier avec un agresseur? Tout obéit d'abord aux lois naturelles et puis les choses évoluent. On ne les reconnaît plus. Aller consulter un docteur? Il lui donnerait des cachets comme on donne des cacahuètes à un singe. Et la honte de parler de son problème! Pas de pilule guérisseuse. Le silence mais souvent un vent noir qui souffle dans la mémoire.

L'homme est poli, il travaille, il est serviable, vous vous approchez de lui en confiance et soudain, au milieu de son corps, il y a quelque chose d'ignoble et de mou qui s'agite et se durcit pour se mettre en mouvement comme un serpent. Un serpent ou un rat. Parfaitement, un rat insolent, menaçant, qui vous tient tête en pleine rue. Un rat ou un chat écrasé sur la route par une voiture. Il n'est pas mort. Pas du tout mort. Le chat ou le rat se redresse avec une effroyable faim qui se tourne hideusement vers vous. La torture se répète dans une perspective routinière, elle éclipse en mouvement les vagues de la mer, les sautes de vent à Ouessant.

Quel que soit le point du monde où vous êtes née, le sexe de l'homme découvre tôt ou tard devant vous l'impudence de son manège. Il vous traque, il veut vous priver de votre vie, il fonctionne comme une cheminée qui fume dans l'adoration de ses organes. Chaque jardin d'amour est entouré de larmes. Le supplice d'un dieu est celui de chaque femme. L'amour est une singerie venue d'un temps lointain. Louise s'interrogeait : il existe donc chez les femmes quelque chose dont elles ne peuvent pas se rendre maîtresses puisqu'elles sont tellement soumises à un homme ? Légalement mariées ou non, elles esquissent un jour un geste convulsif de protestation, de refus. C'est trop tard ! Le pli est pris, hélas ! Il est auréolé d'enfants. Le cérémonial érotique a force de loi. Les mâles sont syndiqués, les lois sont pour eux.

Les femmes pleurent parce que l'homme qu'elles aiment se révèle un médiocre sitôt qu'il a mis un pied hors du lit.

Épuisées, poussées à une terrible dérision d'elles-mêmes, englouties depuis des années sous des besognes domestiques, les femmes comprennent un jour l'effroyable comédie humaine dont elles furent la proie. L'amour leur a été donné sur la terre comme un Enfer. Une sale jouissance ne peut plus les ranimer à la longue. La filouterie leur fait le cœur gros mais il faut la garder secrète. Même la mort doit être tue. Après avoir été une bonne épouse il convient d'être une bonne mère. Et puis une bonne morte. Durant toute leur vie le sexe de l'homme a exercé sur leur être un pouvoir effrayant. *Mais ce qui est fait est fait.* Même subi dans l'illusion le plus gros de la vie est passé. Continuez, continuez à vous dévouer dans le tintement ménager des petites cuillères et des fourchettes qui vient de la cuisine. Et si vous vous plaignez vous serez pour les autres une *rabat-joie.* Mais reposons-nous des griefs.

La tendresse humaine est comme une bouffée de musique qu'on entend le soir par moments. Le ciel gobe-larmes allume ses étoiles. Seigneur, comment les femmes auraient-elles l'audace de se plaindre quand les hommes sont à leurs pieds ? Se plaindre à vous, Seigneur, pour demander votre aide à résoudre leurs problèmes intimes, voulus par vous ! Risible. Autour de leurs tempes une cendre fervente grave en leur cerveau l'image du temps passé à avoir servi les autres. Malgré le chemin fait, nous restons à l'orée d'un bois et nous n'en sortirons pas vivants. On change d'année comme de chemise. Le jour tombe. La nuit recouvre de crêpe chaque nudité. Un nid blanc dans le ciel prend la forme d'un ange. Gonflés de baisers et de larmes, les enfants s'endorment dans le sucre comme des beignets.

Mais certaines sont heureuses ! Parfaitement heureuses. Un jour Louise plaignait une femme d'être mariée à un homme triste. « Oh, lui répondit-elle, quand je suis seule avec lui il chantonne toujours. »

Immobile à la même place, Louise regardait toujours Clermont. Elle aimait sa ville. Les choses, les gens, sa propre personne lui donnaient le sentiment d'appartenir à un monde privilégié. Tout cela avait le charme d'une sauvagerie souvent inhumaine mais forte, chaleureuse.

Ses yeux lunaires auraient été plus précis derrière des lunettes, mais elle ne voulait pas en porter, pour plaire. (Plaire à qui, si ce n'est à un homme ?)

Elle se disait qu'elle aurait pu se marier dix fois si elle l'avait voulu. (Un gros mensonge !) Mais comment se marier quand on hait les hommes à ce point ? Curieuse créature. Félicité des noces évoquées, mais dents de louve à la vue d'une mariée rencontrée dans la rue ! À ses moments perdus (et sa vie était perdue, elle le croyait), Louise s'interrogeait sous la clarté déprimante de sa lampe de chevet :

« À quoi ressemblera mon mari ? Je ne prendrai pas un vieux tout de même. Surtout pas. Soigner des rhumatismes, très peu pour moi. Quand ils se réveillent la nuit, les vieux pensent à l'amour que leur mère avait pour eux, ils attendent le lever du jour tandis que leur femme fait le café toute seule dans la cuisine. C'est horrible. »

Parler avec un homme lui avait toujours donné des palpitations, on attend qu'il demande votre main après vous avoir offert un verre, mais il parle de sa passion à collectionner des timbres. Certains gentils et sérieux vous plongent dans une gêne pénible, on dirait des fantômes frileux qui hésitent à vous prendre la main. Essoufflement morose des amours qui ne peuvent pas vivre ! La mélancolie sempiternelle des hommes tristes parce qu'ils ne bandent pas ! quel dommage, ils sont si polis ! Visiblement ils ont peur des femmes. Très humbles, les mains moites, ils se taisent avec la passivité d'un calme désespoir. Spectres eux aussi ou peut-être tapettes ! Louise avait ces hommes en horreur. Elle aimait les gros gabarits aux membres épais, des déménageurs naïfs, la copulation leur coulait sur les joues, comme de la confiture, mais ils lui inspiraient des pensées odieuses faites de vulgarité et d'ennui pesant. Hommes à la forte verge, oisifs au milieu d'un immense naufrage.

Toujours debout dans son escalier elle se sentait sans courage pour commencer la journée. Si seulement, dans ses relations, elle pouvait trouver un garçon sérieux pour l'accompagner à Chartres voir la Cathédrale ! Voir la Vierge noire ! Voir la Beauce ! Voir les vitraux bleus ! Prier. Seulement prier. Un pèlerinage. Une fête sainte trempée de sueur et d'actions de grâce. Pleurer peut-être au sein d'un gouffre argenté. Mais les hommes autour d'elle n'avaient aucune envie d'aller voir des vitraux bleus ni la Vierge noire, ils suivaient seulement leur nature trouble dans leur propre ville. En cela ils étaient des chiens sans élévation, couchant de leur vivant à l'intérieur de leur propre mort.

Mais se marier c'est prendre un risque terrible.

Elle était persuadée que l'aimable époux, pourtant choisi, lui apparaîtrait le soir de ses noces sous les traits d'un voyou pitoyable qui l'avait menacée dans le couloir de l'hôtel de Dieppe. Alors il ne lui serait plus permis d'exister. Car rien ne changeait dans cette vie, rien. Tout était figé et se répétait d'une façon incompréhensible. La difficulté d'exprimer sa pensée en disant simplement : oui. Ou non. Les mêmes gens, les mêmes besoins, les mêmes bruits. Ce qui s'était passé autrefois revenait. Plein de contradictions et pourtant plein de répétitions. Tout renaissait dans une fausse innocence. Le mal saturait l'espace inspirant le même deuil. Les choses mauvaises en engendraient d'autres, ayant toutes en commun la jouissance précaire obsédée de se prolonger pour la journée. Non, elle ne se marierait pas. Jamais. Un homme ne lui imposerait pas sa loi. Pas d'amant arrogant non plus. Dans un endroit clos, masquée de noir, elle resterait vierge. La pudique position des membres nus avec leurs naissances charnues resterait la même dans la tombe. Car une chose est bonne sur la terre, une seule, unique, pareille à un sentiment de rédemption après la flétrissure et le bagne, une seule chose est bonne, l'épouse morte, dans une vallée indicible, n'a plus l'obligation de faire l'amour à son mari. Voilà le salut pour l'éternité.

On le voit bien, la pauvre Louise était folle, complètement folle. Belle et bonne mais suffoquant d'une mélancolie funèbre, oh, elle guérira ! Il faut qu'elle guérisse. Elle désirait, elle maudissait, elle haïssait. Elle avait peur. La nuit, il lui arrivait de se couvrir le visage de son drap pour se sentir protégée d'une bouche d'ombre. La peur de mourir vieille fille et la peur de se marier l'étreignaient. Quelle vie affreuse ! Après avoir rejeté bien des choses et des gens la vie maintenant la rejetait. Que pouvait-elle faire ? Les hontes de la femme envasent sa mémoire. Elle se répétait : « Quarante ans ce mois-ci... » Face au miroir, dans sa chambre, elle se tripotait le front, les joues, les reins. Cette parade érotique sans oscillation fauve lui donnait brusquement envie de pleurer. Elle sentait sur son corps le dessèchement de la rose fanée. (Exagération manifeste.) Et la sempiternelle pensée revenait, nauséeuse comme un chromo jauni :

« J'aurais pu tomber sur un bon mari. Certains hommes doivent bien avoir des qualités, tous ne sont pas des fripouilles. »

Leur indifférence à son égard était aussi un signe de politesse. Leur joie serait grande de trouver une femme comme elle, mais ils n'osaient pas se mettre en campagne. Et le temps passait, aussi absurde que régulier.

Cette obsession du mariage, d'avoir tout de suite un enfant, était dans son esprit pareille à la lueur d'une lampe qui conduit à la maison de l'ogre dans la forêt.

Elle était belle encore, elle pouvait plaire, mieux, elle plaisait, oui elle plaisait. Bien sûr qu'elle plaisait ! On la regardait à la dérobée dans les magasins. À la lumière du jour il existe un code de bonnes manières qui permet naturellement aux galants de se rencontrer, de s'épancher afin d'échapper aux moroses pensées emplies d'étonnement de tant souffrir dans la solitude. Seul l'amour peut aérer une vie. La virilité est bénie. Louise le savait bien.

Elle pleurait souvent. Dans la solitude les larmes ont le pouvoir de rejoindre le monde au lieu de le fuir. C'est le soir que Louise se sentait mal à l'aise. Oh, toucher la peau dans le noir. Caresser la peau. Que le ciel en soit outragé. Sentir des lys et des roses sur la peau. Que des épines la déchirent !

« Cesse donc, se disait Louise, tu sais bien que tu es cinglée. Pense à ta mère qui a vécu saintement toute sa vie. Elle n'a pas dû souvent s'amuser avec mon père. »

Oui, oui, tout cela est bien pensé, mais toutes les religions meurent un jour et le sexe de l'homme leur survit. Dieu n'a pas de sexe et la vie qu'il a créée sur la terre est une messe de sang qui gonfle le sexe des hommes.

Santa Maria, ayez pitié des vieilles folles ! Leur vie n'est pas ce que l'on croit, sage et ordonnée... L'usure du corps, le silence comme un masque de songe qui les observe. La nuit nous lie à notre malheur de la journée. Dès le matin la clarté est comme une paille qui brûle à notre nez. Et l'amour, s'il devient lueur, vite il jubile dans la sueur. Celle qu'aucun homme n'embrassa l'aurore n'éclairera jamais son visage.

Louise, la prude, la chaste se sentait capable d'éclater de rire au visage d'un homme en lui disant : « Si vous me laissez tomber, ça m'est bien égal, j'en prendrai un autre. » Après cela le fossoyeur d'amour fourragerait son sexe comme on écarte les cendres d'un foyer mort pour allumer un nouveau feu. Oui, elle voulait changer de vie, elle devait se hâter. Ça n'était pas une épreuve de patience mais de courage, de foi. Hélas, aucun homme ne lui plaisait. Leur visage bien rasé, leur chemise immaculée, leurs chaussettes de fil, leurs boutons de nacre pesaient comme du plomb sur son cœur.

Mais quelle exquise émotion d'entendre une voix ecclésiastique lui demander un jour : « *Mademoiselle Louise Lhers, voulez-vous prendre pour époux Monsieur Jean Damoiseau ?* » Mais dès qu'elle posait un pied dans la rue elle était affreusement timide, son instinct lui interdisait de parler à un inconnu. Finalement elle rentrait chez elle ulcérée. Elle se disait (démente et emphatique) que Dieu lui avait donné la douleur comme une charité, une épreuve pour racheter la vie des filles perdues. Jamais elle ne se marierait. La vie est une gare d'adieux où on passe son temps à agiter des mouchoirs vers ceux qui partent. Elle n'irait pas à la gare avec un mouchoir dans son sac. Mais l'attente de l'amour comme elle fait battre le cœur ! Tant de douceur, tant d'amertume, tant de peur !

Elle raisonnait : comment une femme peut-elle se marier sans avoir la certitude absolue de pouvoir transformer la nature bassement animale de l'homme ? Les créatures s'épuisent de griefs et de mutisme à la longue. Pour vivre, le courage est bien plus nécessaire que la sensualité. En pleine crise elle s'adjurait : « Louise, ne mets pas un homme en rut dans ton lit ! » Mais le réveil au matin était triste.

À son découragement succédait une fantasmagorie rêveuse. Peut-être dans la journée irait-elle prier à Notre-Dame-du-Port. Il y a à Clermont de belles églises où Dieu ne demande jamais au visiteur : « Quel bon vent vous amène ? » La source même de Dieu prend feu dans le silence.

En ville on se répétait un bon mot de Louise, adressé dans une soirée à un galant retraité de la Préfecture tourmenté par Éros : « Vous me prenez peut-être pour une grue en service ? » Une grue, Seigneur ! (Volatile luxurieux en 1890.) Quelques personnages importants — l'un d'eux fut même tout-puissant à l'Élysée — avaient été très impressionnés par la pantomime théâtrale de Mademoiselle Lhers recevant des compliments à l'occasion d'une réception. Dès qu'on lui parlait d'amour, elle était sur des *charbons ardents*. Comme s'ils voyaient soudain apparaître une figure d'un autre âge (Saskia ? Ophélie ? Médée ? Bethsabée ? Desdémone ?), l'exaltation de cette femme pathétique leur avait laissé un souvenir inoubliable.

Son visage était fier, sa beauté radieuse, ses bras de couleur dorée, son dos souple et chaud. Noble rencontre sous des éclairages fanés. Elle posait une main sur son cœur en vous parlant. Aucune autre figure ne lui ressemblait en Auvergne. Elle était l'amour qui se prend par la main et se protège dans un murmure perpétuel.

IV

Que venait donc chercher Mademoiselle Lhers de si bon matin dans son grenier ? Quand elle décidait de s'y rendre, on aurait dit qu'elle obéissait à une lubie soudaine. Mais c'était autre chose. La voix de son grand-père disparu l'appelait dans cette retraite sûre. Elle l'avait entendue. L'événement se produisait à la faveur d'une certaine immobilité de l'air, d'une accalmie dans la journée ou à la veille d'une décision qu'elle devait prendre. Ces phénomènes sont connus des psychiatres. De ces hauteurs elle entendait la rumeur confuse de la circulation en ville. Ce qu'elle ressentait jusqu'à l'écœurement, c'était la nécessité pour elle de naviguer entre deux eaux pour pouvoir vivre. Cette femme assez grasse avait la souplesse d'une danseuse répétant un exercice périlleux sur la dernière marche de son escalier.

Un personnage important en ville, son grand-père, avait été un antiquaire de grande culture, pourvu de dons subtils. Un dénicheur de trésors anesthésiés dans les vieilles églises du Morvan. Il aimait en plein jour, à des heures inattendues, s'enfermer dans une pièce obscure à regarder longtemps une bougie allumée. Quand il avait du temps le dimanche, la bougie enfin brûlée, il la remplaçait par une autre. Et cela pendant des heures. Cette manie spécieuse, dans un état de surexcitation qui frisait la démence, provoquait dans la famille un malaise profond, mais personne n'osait se plaindre. On cachait soigneusement le vice aux étrangers, comme si la bougie avait été le corps déshabillé d'une nymphette. Dans l'ombre le grand-père ressemblait à un fauve immobile. C'était une honte de ne pouvoir se défaire de cette habitude incompréhensible. Mais elle était si grosse de nostalgie, de silence, de consolations ! Elle tenait tête, peut-être, à des forces démoniaques assiégeant régulièrement le grand-père. Comment le savoir ?

C'était un homme impérieux et muet qui ressemblait à un prophète sculpté au porche d'une cathédrale. Non pas de mystification divine. Certains antiquaires jaloux, confrères de Gérard Lhers, l'accusaient en ville d'avoir commis un crime dans sa jeunesse. Ragots shakespeariens. Il était très connu à Milan, à Londres. En dépit de son air sévère il était bon. Dans les limbes d'un rêve la flamme de la bougie consumait l'expérience d'une vie désolée par le remords. Comment savoir cela d'une façon certaine ?

La petite Louise (elle devait bien avoir cinq ans) ouvrait doucement la porte fermée et se glissait derrière son grand-père pour contempler la bougie allumée dans l'obscurité. Le vieil homme s'emparait parfois de ses petites mains, qu'il serrait dans les siennes. Parfois il les embrassait. Il ne parlait jamais. L'enfant ramassait ses forces, retenait son souffle, ce moment était d'une tension extrême. Mais pour Louise il s'emplissait d'une peur obscure, une anxiété, un frisson la parcourait jusqu'au bout des doigts. Et plus tard comment pouvait-elle se conduire raisonnablement comme les autres femmes ?

Gérard Lhers, immense (il mesurait près de deux mètres), le visage fermé, glabre, les yeux perdus au loin, sortait enfin de la pièce. La petite Louise éteignait la bougie. Le grand-père semblait à l'aise, recueilli comme s'il sortait d'un confessionnal à l'église. Ses enfants vivaient dans la crainte perpétuelle du feu. Le fils se levait plusieurs fois la nuit pour voir si la bougie était sur le point de s'éteindre. À quoi rimait ce cérémonial spirite où régnait le silence ? On ne le savait pas. On avait peur de l'apprendre.

Trente-cinq ans plus tard Louise revoyait l'œil rond du vieillard qui jamais ne cillait en fixant la flamme de la bougie. Et c'était la voix de cet homme mort qui l'appelait au jardin.

Certes, elle était malade (mais son cœur battait régulièrement), elle ne se confiait à personne, elle ne pouvait pas empêcher ses mains de trembler parfois mais le souvenir de son grand-père la réchauffait. Les marchands de Paris faisaient la cour à l'antiquaire, on lui prêtait une clientèle de dignitaires étrangers, des princes baltes, des ducs italiens. Le simple commerce ne l'intéressait pas, il lui fallait des aventures, découvrir une merveille devant laquelle ses confrères étaient passés sans la voir. Son arrière-boutique était faite d'un bric-à-brac de meubles de haute époque, des joyaux qui valaient des fortunes. C'était l'époque où les amateurs de *vieux bois* venaient à Clermont à la recherche de trouvailles et qui sait, avec un peu de chance, se trouver nez à nez avec l'une de ces fameuses vierges auvergnates qui font la richesse des musées. Vierges farouches, privées de charme, mais dont l'empressement frénétique à serrer un enfant dans leurs bras signifie seulement qu'elles sont prisonnières de l'amour humain sur la terre. Le ciel est trop loin et qui protégera leur enfant ?

À la mort de l'antiquaire (on ne sait pas s'il fixait une bougie), trois vastes pièces de la maison servirent de dépôt pour abriter les vieux meubles. Les parents de Louise, gens fort communs (ils souffraient d'une maladie qui s'appelle la médiocrité), se soucièrent peu de conserver quelques pièces rares pour les laisser à leur fille. Tout fut vendu, sottement, maladroitement, chaque trésor disparu laissant alors dans son sillage un sentiment de dépit. L'antiquaire muni d'un gros chèque s'aperçoit qu'on l'a volé. Pantomime comique. Il est très riche mais il est amer. Où trouver maintenant une *marchandise* de qualité ? Comment acheter un meuble du XIIIe ? Les Américains ont tout emporté. Le marchand français, rancunier dans son capharnaüm onirique de meubles banals, en vient par dépit à la politique.

À la mort de ses parents Louise se trouva bien pauvre. Elle réunit dans le grenier les pouilleries rustiques achetées par son père (du grand-père il ne restait rien), carillons hors d'usage, fauteuils ecclésiastiques recouverts d'un velours luciférien, guéridons, spirites, lustres, bougeoirs. À l'époque où le fisc montre les dents Louise vendit aux marchands sa pacotille à la manière de ses parents. Ce commerce clandestin l'emplissait d'amertume, mais les revenus modestes de la pension de famille suffisaient à ses besoins.

Le grenier désolé où gisaient les épaves jouissait en ville d'un prestige extraordinaire. On se réjouissait de le savoir en sécurité rue de l'Oratoire. Il représentait le patrimoine de la ville, on savait que la collection Lhers était unique en France. Des domestiques avaient parlé avec émotion de ces meubles rares qu'ils avaient consciencieusement cirés. La situation était drôle. On était fier de la richesse de la vieille fille, de la modestie de sa toilette, de sa sévère bonté. Le bâtonnier Dusselier affirmait qu'elle possédait une pièce de musée signée *Riesener*. Il l'avait vue. Il se souvenait que le meuble était brun rose, avec, aux tiroirs, des poignées d'argent. De son côté, le conservateur du musée de Chamalières (un homme avec un visage en pétale de rose, des cheveux roux flamboyant, des yeux noirs, des bajoues bleuissantes) laissait entendre que Louise détenait dans son grenier une crédence lombarde en noyer sculpté avec jambages découpés. Couleur brun rouge. Un meuble du XVe digne du Louvre.

Ils étaient bien cinq ou six connaisseurs en ville à mourir d'envie à la pensée de visiter le grenier de Mademoiselle Lhers, mais comment s'inviter chez une personne qui vous regarde bien en face sans répondre à vos questions ? Une incertitude immense se cachait dans cette femme. On ne se sentait pas de taille à lutter avec elle. Une frontière invisible la cernait pour la préserver. Et les vrais amateurs d'art le savaient : la beauté doit demeurer cachée et ce secret fait battre aussi très fort le cœur des voleurs. Pourquoi Louise aurait-elle avoué sa pauvreté ? Ce tintamarre autour d'elle ne la gênait pas.

Toute petite elle avait joué à la balle au milieu des meubles arrachés à des châteaux par la poigne robuste de Gérard Lhers. Comme elle s'en souvenait, dans le silence bruissant du grenier ! Crédences en chêne sculpté, paravents en cuir de Cordoue, chaises en noyer taillé « en os de mouton », coffres montés en queue d'aronde. Et certains, par la force de son imagination malade, reposaient en ce moment devant elle comme des personnages ensorcelés. Comme le bâtonnier Dusselier, en proie lui aussi à la déraison, elle les voyait. Les uns étaient bruns comme des châtaignes, d'autres dorés comme des scarabées. Ils n'avaient pas quitté la maison. Un bahut éblouissant émergeait de l'ombre. Ces meubles imaginaires étaient le destin parfait des Lhers, Louise avait de fréquents rendez-vous avec eux.

Au-dehors, le monde était en attente comme autrefois. Sur l'appui de la fenêtre des pigeons roucoulaient, ils semblaient inséparables de la conque nacrée du ciel. À cette place elle les avait toujours vus, entendus. Son grand-père se plaignait comme de son vivant au sujet de son fils : « Il ne mérite pas de porter le nom de Lhers, il n'a aucun goût, aucune idée... Il t'a ruinée. » Elle répondait : « Je ne suis pas malheureuse. » Il reprenait : « C'est un chagrin pour moi que tu sois une fille, ne te marie pas surtout. » De quoi se mêlait-il ? Le chemin sombre et secret qu'elle avait suivi jusque-là, qu'en savait-il ? Elle ne supportait plus cette voix cassée, le corps crispé au bord d'un abîme, elle entendait encore : « J'ai fait une chose affreuse dans ma vie, un homme m'a fait perdre l'esprit. Ne te marie jamais. » Oh, qu'il cesse ! Elle le chassait de son esprit. Il se taisait.

Elle levait les yeux, les meubles splendides s'étaient évanouis avec la voix, à leur place elle retrouvait les fauteuils échoppés et les carillons sans valeur, des commodes épaisses. Comment avait-elle pu inventer ces chimères ? C'était fatigant à la longue. Elle avait envie de pleurer. Autrefois tout était possible. Les hommes faisaient partie de la *réalité*. Elle les revoyait maintenant sous la forme d'un reflet immatériel, lointain et pourtant si proche... Paul Imbert l'avait poursuivie longtemps. (Faux.) Un bel homme ! (Vrai.) Il y en avait d'autres tout à fait *comme il faut*. « Qu'est-ce donc que j'avais sur moi pour les attirer ? » (Oui, qu'avait-elle ?) Tout vibrait. D'autres apparaissaient. Claude Lebel. Il ne vivait que pour elle. (Faux.) Il avait une belle voiture rouge, une Fiat. (Elle oubliait que le malheureux avait été tué pendant la guerre d'Algérie.) Jacques Destre, un type rustique, taillé à coups de hache, il s'était amouraché d'elle tout de suite. (Faux.)

Si elle avait voulu... maintenant elle était seule. Comment, à son âge, pouvait-elle être encore vierge? Disparu l'espoir d'avoir un enfant! « À quarante et un ans, si je ne suis pas mariée, je me suiciderai. » Pauvre Louise, il ne lui restait plus qu'une année à vivre! Quelle sinistre décision! Pourquoi avait-elle choisi de vivre à l'écart du monde? C'était son grand-père qui l'avait retenue dans cette maison pour garder ses trésors. (Faux bien sûr.) Avec les années, elle était devenue une femme inquiète, fuyante, détraquée, avec une certaine raideur dans ses gestes. Et pourtant, elle était un être d'amour. Au diable les antiquités! elles sont des placements d'argent pour les gens riches.

Ce bâton d'aveugle qui sondait son corps par moments c'était la mort.

Demain matin elle se présenterait au magasin d'encadrement de Paul Roux sous prétexte de faire encadrer une gravure. Elle lui demanderait de venir, elle se donnerait à lui. (Paul Roux avait maintenant cinquante-six ans, il s'était remarié.) Mais il existait des magazines qui favorisent les rencontres... *Nous deux... Cœurs transis...* Elle écrirait demain, non, ce soir même. Et les magazines sexuels qui donnent des conseils horribles sur la façon de se prendre... Émerveillements d'abîmes.

Un tourbillon effréné entraînait son être vers le passé. Il y avait aussi en ville Pierre Drut, le directeur de la Galerie Arc-en-ciel. (Il avait fait faillite depuis cinq ans !) Elle avait connu des hommes brillants et gais, l'un d'eux, parlementaire très connu, jouait de l'accordéon, d'autres travaillaient à la banque, réparaient des montres, peignaient des tableaux, coupaient les cheveux des femmes... Henri Monge le marchand de fourrures lui avait offert un manteau. (Vrai. Le manteau était soldé.) Tous étaient fous d'elle. Ils avaient de bonnes manières, des situations solides... Charles Malène... il savait par cœur l'heure des trains pour Paris, il voulait lui faire visiter le musée Cluny. (Un mystique satyre.) Ils s'étaient tous évanouis. Certains sentaient la sueur ou la pipe, ou leurs pieds. Ils étaient gais, serviables, leur visage irradié de langueur. (Exagérations.) Elle ne voulait rien d'eux. (Faux.) Les autres femmes ne sont pas aussi bêtes... Et quand on aime enfin un homme il est marié ! L'amour qu'il propose est un aquarium où des sirènes glissent entre deux eaux.

D'autres hommes avec un bon air de curé alpin avaient demandé à Louise une petite charité de peau. « C'est à vous seule de décider ce qu'il faut faire, disaient-ils à l'avance, je vous suis obligé. » Les pires salauds. L'ordure se présente comme un tapis brodé.

Tous, mais tous, vous parlent de leur enfance, du lycée, de leur mère. Les mères sont des saintes descendant de la chrétienté capétienne. Des femmes admirables dans le genre Blanche de Castille, maman de Saint Louis ! Ils veulent se marier avec une vierge comme leur mère. Calculateurs. Pingres. Menteurs. Retors. Cachottiers pleins de soupirs. Rescapés de grands naufrages. Affreuse écume. Bestiaux. Pire encore, pire ! De toute éternité ils cherchent une chair angélique à souiller, Seigneur ! si vous avez voulu cela pour avoir des enfants sur la terre, vous avez réussi. Mariage perdition de femme nue ! Mariage brouette triste charriant des pierres à longueur d'année. Mariage nid blanc au fond duquel s'aigrit un vin noir. Ô vie communiquant l'adieu !

Homme cherchant femme pour chauffage d'appoint. Homme de paille qui prend feu sur un matelas. Homme enfance gelée au créneau des femmes. Errance sous la lampe. Splendides nudités vouées à servir des monstres.

Non, elle ne se marierait pas.

Jamais.

Elle épouserait sa nuit de vierge.

Quand une femme a de l'esprit, c'est une catastrophe pour l'homme. Sa concupiscence souffre. Ils aiment les dindes. Ils n'aiment pas les voir lire. Pour eux les femmes appartiennent aux objets ménagers. Art ménager, art de la femme. Robinets. Machine à laver. Poubelle. Réchaud.

Louise savait tout de leurs manigances, de leurs ruses. Le grand orgueil de l'homme tient à savoir qu'il est le maître d'une femme possédée à sa guise. L'homme propriétaire de la femme. Il se nourrit d'elle et l'épuise. Qui, sincèrement, réfléchit à la suite d'oppressions qui pèsent sur une femme au cours de sa vie ? Depuis l'enfance elle subit des interdits qui deviennent un jour des devoirs sacrés. La plupart ne meurent pas d'une maladie mais d'un mari. Les docteurs ne s'en inquiètent jamais, ils appellent cela cancer ou leucémie.

Pourquoi le Christ n'avait-il pas été une femme ? Bien avant lui beaucoup de femmes avaient été mises en croix, l'humanité ne l'avait pas remarqué. Ce silence infâme symbolisait l'importance que le monde attache seulement aux hommes. Dieu est un macho comme le pape à Rome.

Aujourd'hui le grand-père Lhers avait gagné la partie. Sa petite-fille resterait célibataire, mais que de paroles incongrues, d'aigreurs intimes, d'anxiété, de rêves sombres ! Oh le plaisir dans une lutte à mort, le dégoût, fauves se dénudant dans un espace froid. Les pleurs funèbres. Ô beauté ! tu es vouée aux viols rituels. L'homme s'accroupit sur toi. Mais c'est cela que tu veux ! Tu le désires ! Tu l'aimes. Ô beauté ! dans un recueillement jaloux tu jouis d'être prise comme une bête.

La lumière baissait dans le grenier. Louise, toujours immobile, avait l'impression qu'une main froide passait sur son visage. C'était celle de son grand-père dont elle gardait les meubles. Le vieil homme était content de la décision qu'elle venait de prendre. Elle inclinait la tête en signe de soumission. Demain de bonne heure elle irait prier à Notre-Dame-du-Port. Les meubles anciens avaient repris leur place dans l'ombre. Ce que la vieille fille voyait était un rêve ayant reçu la grâce d'un beau souvenir d'enfance. Le silence accompagnait l'obscurité. Il avait une voix qui n'était pas de ce monde. Une voix de discernement et d'équilibre qui apaisait Louise. Allons, la nuit serait bonne. Les admirables meubles anciens que le fils indigne de Gérard Lhers avait vendus pour *une bouchée de pain* étaient toujours là.

V

« Oh, ne plus me plaindre ni de moi-même ni des autres, pensait Louise avant de se mettre au lit, ne plus gémir en ouvrant les volets le matin, ne plus avoir peur en fermant ma porte le soir. Ne plus regarder mon corps dans la glace. Ne plus toucher mes seins. Mon Dieu, envoyez-moi un homme, je serai bonne avec lui. Je ne peux plus entendre ma voix, j'ai besoin de respirer une autre odeur que la mienne. Je veux me perdre de vue. Je veux ranger les chemises d'un homme dans mon armoire. Quand on a pris l'habitude de vivre seule, on vit avec le vide. On ne vit plus. Je n'ai pas eu de jeunesse, donnez-moi, mon Dieu, une vie de femme mariée. Je ne peux plus manger seule dans ma cuisine. Je ne parle à personne, et personne ne me parle. On me regarde d'un drôle d'air dans la rue, c'est parce que je ne suis pas mariée.

« Si vous m'aimez, mon Dieu, envoyez-moi un

homme gai et fort, pour qu'il me prenne dans ses bras et me protège. Je lui laverai les pieds le soir. S'il a un chien, je le soignerai comme lui. Je ne veux pas chercher un mari toute seule, je sens que je ferais une bêtise. Si c'est moi qui choisis un homme je me tromperai, j'en suis sûre et certaine. Ma douleur est trop grande pour moi et pourtant je ne peux pas m'y tenir debout et droite, aussi suis-je obligée de me tenir en elle à genoux.

« Seigneur, choisissez pour moi, qu'il ait de bons yeux, un bon cœur, une grosse poitrine, de grosses cuisses, de grands pieds. Des amies de pension m'ont dit que l'amour les avait déçues, les hommes, paraît-il, sont égoïstes et lâches. L'une d'elles, Irène Mobert, m'a dit qu'en se mariant elle était tombée dans un piège. Si grand que fût leur échec à toutes, il y a eu un moment où un homme les a serrées dans ses bras. C'est cela que je veux. Je ne vous demande pas un saint, je sais qu'il n'existe pas.

« Quand je me lève le matin, j'ai l'impression de me trouver sur le sommet d'un mur, en bas je vois les gens qui marchent, et les arbres. Il me semble que je vais tomber. C'est péché peut-être de vouloir se marier à mon âge? Je viens d'avoir quarante ans. La nuit je ne peux pas dormir, il y a de la neige fondue dans mon lit, et j'ai froid toute la journée. La prière ne me réchauffe pas. Je pourrais demander au curé de me trouver un mari, mais il m'enverrait un sale type qui passe son temps au café. Le curé voit ce vaurien qui boit, il veut que je le sauve. Je ne veux pas sauver un vaurien. Ça c'est votre affaire, mon

Dieu. Si je deviens une vieille fille, j'ai peur de ne plus mettre les pieds dans une église. Il y a des femmes bien plus vieilles que moi qui se marient. En Italie une femme de cinquante-trois ans a eu un enfant bien portant.

« Je n'ai plus que des vieilleries à me mettre, mais à un moment les robes pèsent comme une pierre, on les enlève. Envoyez-moi, mon Dieu, un homme qui me donnera un enfant. Qu'un homme me demande l'heure dans la rue et je lui donnerai peut-être mon corps. Vous voulez cela ??? Que je donne ma peau à un inconnu à la place de l'heure ? Toutes les femmes ne peuvent pas devenir religieuses... Seigneur, ne me faites pas prendre la vie en haine comme ce fut le cas pour ma mère. »

VI

Diriger une pension de famille est bien difficile quand on est une femme sans mari. Louise était obsédée par la perspective régulière de remplir des feuilles de la Sécurité sociale ou celles concernant les impôts. Papiers couverts de chiffres, jeu d'enfer pour elle. Un homme se serait joué de ces calculs. Pour bien compter il manquait à Louise la connaissance du bonheur terrestre. Elle découvrait des abîmes sous les nombres.

Les murs de la grande salle à manger étaient décorés de reproductions en couleurs de Van Gogh. En les regardant un cœur sensible aurait été troublé par une espèce de honte. Affreuse exploitation du génie malheureux. L'émotion de la société transforme en cartes postales ses naufrages pour en jouir quand même. Des fleurs, toujours des fleurs.

Vincent aurait trouvé une fameuse inspiration dans la pension, objets d'époque 1900, lampes opalescentes, tordues en volutes dorées. Soupières (bleu Patinir), carrelages (rouge carminé), lustre (jaune de chrome), pensionnaires au visage carbonisé comme s'il cuisait lentement dans un pot-au-feu, cuisinière à la peau laiteuse piquetée de chair de poule, en robe florale avec une poitrine va-t-en-guerre, femmes de chambre désenchantées dérivant douillettement entre deux eaux (l'une glacée, l'autre tiède).

Les mêmes voix répétant les mêmes sornettes usaient les nerfs de Louise comme un virus infectieux. Un docteur venait parfois, souriait d'un air entendu, prenait des températures, respirait des haleines douces amères et s'en allait, jugeant indiscret de parler des malades. Secret de la mort prochaine. Elle a son ordre et ses lois. (Pour ceux qui meurent tout est jardin.)

La composition des menus était rédigée chaque jour comme un rite cabalistique. Choux, poux, genoux (choux encore!), bœuf rustique, daube pontificale, pâtes drapées de pourpre : les vieilles gens dévoraient avec une conviction fébrile. *La bête noire* c'est de manger tous les jours, et non de mourir un jour. Digérer ensuite emplissait de mélancolie l'esprit des pensionnaires, comme s'ils revenaient ensemble d'un cimetière. (Ce qui leur arrivait parfois.)

Louise gardait son calme, mais il est des jours sans extase où les femmes ne peuvent plus cacher leur âge. Berthe, sa nièce, l'unique personne à Clermont portant encore avec elle l'illustre nom des Lhers, allait se marier, elle se devait de lui offrir un cadeau. C'était bien conventionnel, mais Louise adorait acheter un cadeau, son bon cœur était sa sauvegarde, il était le meilleur attribut de sa force. La nièce, une fille qui allait vers ses trente ans, ne l'aimait pas et l'évitait.

Le jouvenceau pour sa part, un vieux jeune homme, avait un beau visage copié sur les statues de l'École des Beaux-Arts, il n'avait pas voulu terminer ses études d'architecte mais il savait beaucoup de choses sur la peinture et la musique. D'autres choses encore sans doute, car il semblait épuisé par des activités secrètes. Il avait lu des tas de livres, il marchait en roulant les épaules dans la rue. Il avait l'air de dire aux femmes : « J'ai une surprise pour vous. » Il souriait, c'était tout de suite une tiède chaleur pareille à la clarté rose d'une lampe de chevet dans la nuit. Cette chaleur faisait partie intégrante de son être. Il avait besoin d'une femme afin de disposer d'un point fixe dans le monde qui est si grand.

Berthe méprisait les gens, elle les trouvait assommants avec leur manie de se nourrir à heures fixes, de gagner régulièrement leur vie et de parler entre eux de leur santé en pleine rue. Ceux qui avaient l'âge de mourir se cramponnaient fanatiquement à la vie. À cause d'eux on ne trouvait pas d'appartement à louer. La société regorgeait de vieillards traînant leurs reflets dans des miroirs de songes. À longueur de journée Berthe écoutait de la musique douce afin que le temps glisse sur elle comme un traîneau sur la neige.

« La pauvre petite n'a jamais rien fait de sa vie,

elle va se déchirer aux horaires de bon matin... comme je suis lasse, on dirait qu'on m'a battue cette nuit... qu'est-ce qui pousse les femmes à se marier alors qu'elles sont déjà une charge pour elles... Seigneur, serais-je jalouse de ma nièce ? (Oui.)

« Quelle folie de s'enticher d'un homme du jour au lendemain ! C'est forcer le diable à tenter de le prendre de vitesse... la vie me déconcerte... qu'est-ce que j'ai pour tout voir en noir ce matin ? La pensée du mariage m'affole. Si je me marie, j'exigerai de mon époux qu'il se fasse tatouer un serpent bleu sur la poitrine. Allons, ne dis plus de bêtises. N'est-ce pas normal que des jeunes filles tentent l'expérience de l'amour ? En attendant, j'ai un cadeau à lui faire. »

Lorsqu'elle broyait du noir (expression de femme à principes), Mademoiselle Lhers pensait au grand Pascal, fatigué, malade de trop aimer Dieu. Il avait habité à deux pas de chez elle, près de la rue du Port. Depuis des années elle se proposait de lire les *Pensées*, mais le temps passait vite, et Pascal attendait toujours.

La veille, Louise avait sorti du fameux grenier quelques objets pour les vendre à un antiquaire, un homme terne dont elle était sûre de la discrétion. Il avait l'air d'être descendu de *L'Enterrement du comte d'Orgaz* du Greco, qu'on peut voir à Tolède. Il parlait comme un voleur à qui le gendarme demande ses papiers. Comme il était vide il n'avait rien à cacher.

Lorsqu'elle se débarrassait des dernières épaves de la maison Lhers, le cœur manquait à Louise. Une fois vendu, l'objet est perdu à jamais. La question était de savoir si Berthe préférait une somme d'argent à des babioles anciennes. Poser la question c'était la résoudre : pour Berthe l'argent était tout yeux et nez, mieux, il était tout feu tout flammes. Interrogée, elle dirait à sa tante : « Pour l'amour de Dieu, donne-moi de l'argent. »

Avec ce cadeau il s'agissait d'honorer le nom glorieux de la famille. Qui se souvenait des Lhers à Clermont ? Dans la mémoire des gens l'arbre de vie hiberne. Le regard de Louise s'était posé sur une cafetière en argent uni, travail banal du XIXe. Elle était un peu cabossée et tenait tant bien que mal en équilibre. On ne lui en donnerait pas cher. Venait ensuite un plateau d'étain en bon état, malheureusement il ne portait la trace d'aucun poinçon. Moderne il ne valait rien, mais ancien il pouvait faire un bon prix (allez prouver quelque chose avec les étains). Tout proche la vieille fille avait mis de côté un brûle-parfum d'origine orientale, noirci à la base mais d'un beau jaune cadmium dans sa partie supérieure. Louise soupira. Vendre et savoir à l'avance qu'on se fera rouler offense la pauvreté. « Il faut savoir jeter du lest », se disait Louise. Pour faire bon poids, elle se serait jetée dans le vide avec le lest.

Il y avait encore une petite pendule en bronze

doré, XVIIIe, charmante, mais le cadran était fêlé et les aiguilles tordues. Un malade mental était passé par là pour se distraire. Réparer les dégâts coûterait une fortune. La pendule était invendable.

Enfin, dernier trésor, un tableau de proportions moyennes représentant une tête de Christ. Christ si on le voulait, tant il était excentrique, on n'aurait pas voulu le rencontrer le soir au coin d'un bois. On devinait la couronne d'épines destinée, dans ses cheveux, à souligner la tragédie. Louise n'avait jamais aimé cette peinture. C'était l'occasion de s'en débarrasser ou jamais. Ce Christ ne croyait pas en l'avenir, il espérait la fin du monde au contraire. Curieusement il s'était libéré des péchés des hommes et de la religion. Un Christ rebelle sachant bien que les hommes ne s'aimeraient jamais entre eux. Bizarres sentiments. La sueur et la crasse étaient visibles sur son visage imberbe. Devant cette figure la vieille fille sentait la menace, le reflet d'une présence hostile. Et l'expression était sombre, comme pour guetter, s'emparer d'un savoir, d'un secret qui la concernait. Lesquels ?

Il semblait par moments à Mademoiselle Lhers que le Christ fermait ses yeux pour ne pas la voir. (Turpitude inquiétante.) Du plat de la main elle avait alors envie d'essuyer doucement la surface de la toile pour rétablir un climat de confiance. Ce Christ au cœur de pierre qui a oublié son Dieu était plus douloureux qu'aucune autre douleur au monde. Le tableau la fascinait. Elle avait l'impression que du sang séchait sous le vernis noir, par moments il apparaissait dans un rayon d'éclair et se mettait à couler lentement goutte après goutte. « *Il boit son sang* », se disait la folle. Alors au milieu de la toile apparaissait un filigrane d'argent figurant une espèce de griffon charnu dans un réseau de ratures inégales. Des vermoulures ocrées lui donnaient un relief illusoire. Leur signification rageuse témoignait peut-être du dépit, de la rancœur du peintre vis-à-vis de son œuvre. Ou de sa propre vie aussi bien. Comment le savoir ? Le mystère ruisselait de ce masque de mort. Mystère entier comme devient toute vie passant sur la terre. Esprit de vision échappé à la tristesse du temps.

Le tableau était le dernier vestige de la collection du grand-père. Tout avait été bazardé, embarqué, vendu, sauf lui. Unique pièce conservée dans la maison depuis plus d'un siècle. Seul un hasard surprenant l'avait protégé du monde. Dans quelles conditions le vieillard l'avait-il acquis ? Pourquoi ne s'en était-il pas débarrassé ? En connaissait-il la valeur ? Louise en doutait. Et le père n'avait pas été plus heureux. Personne à Clermont n'en avait voulu. Et pour cause ! Ce visage sombre faisait peur, il était d'une hardiesse blasphématoire, à lui seul il représentait la méchanceté du monde et son châtiment. Qui avait acheté cette œuvre abominable ? Mais qui l'avait peinte pour commencer ?

Louise se disait : « Il sait quelque chose sur moi... depuis que je l'ai vu pour la première fois, en ouvrant un bahut, je n'ai eu que des ennuis. » Voulait-elle un Christ porte-bonheur, une image de calendrier, un *grigri* ? Eh oui, elle voulait cela. *Exactement.* Le bonheur pieux s'était éloigné des misères humaines. Ce Christ n'aimait pas l'amour humain, c'était net.

Toile lisse, absolument anonyme, presque sans raison, dans une atmosphère de dégrisement. Toile ennemie d'elle-même comme de toute mémoire.

Ceux qui peignent ne disent pas toujours leurs intentions. Les savent-ils seulement ? Ils ont simplement besoin de peindre comme de boire. Ce qu'ils veulent, c'est tout le contraire d'expliquer. Existe-t-il de leur part un refus de communiquer, de partager leurs émotions ? Existe-t-il un art pareil à une sombre flamme qui détruit, qui déforme à plaisir, dévastant des corps, des étendues ? L'auteur de ce tableau avait certainement enduré les pires misères. Il se vengeait en peignant.

Bien sûr la peinture était *d'époque*. Et puis après ? Laide dans le passé, elle le resterait pour l'avenir. Le dessin de la figure était si simple qu'il semblait surgir de l'imagination d'un enfant.

Sur les joues du Christ (était-ce un Christ ?), l'ocre s'éclairait de petits feux follets d'un vermillon presque pur par endroits. Singulière audace. Le fond du tableau était uniformément noir. Elle pensa : « Avec ce rouge sur les joues, on dirait une femme qui s'est fardée pour aller au bal. »

C'est alors qu'il se produisit une chose étrange. Louise voyait la figure bouger lentement sous un éclairage aveuglant qui créait sur toute la surface de la toile des zones claires alternant avec d'autres sombres. Toutes mouvantes, naturelles comme on aurait pu les voir sur un visage vivant dans un appartement. La pauvre fille se sentait soudain prisonnière d'un cauchemar où son bon sens, sa conscience d'appartenir au monde sombraient dans un chuchotement démoniaque. Elle avait déjà rencontré ce regard oppressant autrefois... À Dieppe, dans le couloir désolé de l'hôtel. Et comme autrefois elle était seule, il n'y avait aucune main pour la protéger. Fallait-il qu'elle soit malade pour ne pas oublier l'oppression de cette tête endurcie par la même obsession ? À fixer trop longtemps la peinture Louise la déformait.

Des minutes passèrent. Au bout d'un moment elle se calma. Elle avait le sentiment qu'elle venait de surprendre un voleur dans sa maison. Était-ce l'homme de Dieppe ? Du fond de sa mémoire surgirent des visages d'hommes. Ils étaient beaux, avec une sorte de jovialité sensuelle qui la réconforta.

Elle sombra dans un profond sommeil et ne fit aucun rêve.

VII

C'était le lendemain soir, Dieu sait pourquoi Louise appréhendait l'arrivée des *fiancés* dans sa chambre. Elle s'indignait en pensant : « Des fiancés qui vivent comme mari et femme depuis des mois ! » Pour elle, mesquinement jalouse, l'amour devait comporter le respect d'un cérémonial érotique (un calendrier ?) de manière qu'il devienne aux yeux du couple lui-même un acte pur, lumineux mais sévère. Tout ce qu'elle pensait du mariage était grotesque. Ceux qui prenaient du plaisir sans se gêner étaient pour elle des voyous, des canailles. Lorsqu'il se déchire, le voile de la pudeur laisse voir des beautés et des horreurs qui blessent. Louise éprouvait de l'angoisse en les imaginant. Mais c'était si bon de rêver à l'amour comme une lente torture.

Elle portait un corsage bleu (trop serré à la taille) avec des volutes blanches. Son visage lisse était fardé. La peau très fine de ses paupières paraissait comme la feuille transparente d'un arbre de chair. Son air chagrin était devenu franchement aimable. Tout reposait en paix, mais les jeunes gens étaient vraiment en retard. Elle décida de prendre un air froid pour les accueillir. Les objets anciens descendus du grenier reposaient dans un coin.

On frappa, elle n'eut pas le temps de se lever, déjà ils étaient dans la pièce. Si grands tous les deux, avec une curieuse façon de ne pas la voir en arrivant. Pas un mot jovial de bonjour, mais un air ennuyé. Lourd, lourd... Des gamins mal élevés... Le cœur ne les étouffait pas, comme on disait autrefois. Berthe avait prononcé un bonjour bref, rancunier, un vrai règlement de comptes. Et maintenant ils se taisaient tous les deux. Curieuses gens, que leur dire? Pardi, ils venaient de se disputer dans la rue. Entre eux ils n'étaient jamais d'accord, mais ils allaient s'unir pour la vie, voulant montrer chacun en ce moment qu'ils ne renonceraient jamais à eux-mêmes. C'était leur affaire. Qu'ils se fassent souffrir, que leurs larmes les séduisent!

Une minute passa, ils se taisaient toujours. (Deux prisonniers évadés repris à l'instant par la police, attendant d'être interrogés.) Toute sympathie humaine leur était interdite. Moelleusement assise sur un fauteuil Voltaire, Louise souriait à la ronde. Elle se forçait. Berthe ouvrit enfin la bouche pour se plaindre de la difficulté à louer un petit appartement. Elle s'appliquait à parler d'une façon primitive, sèche. Dans tout ce qu'elle disait on sentait qu'elle se refusait d'accéder à la cordialité spontanée.

Ce qu'elle avait sur le cœur l'aurait peut-être fait vomir en parlant sincèrement. Vingt-cinq ? Vingt-sept ans ? Elle donnait l'impression d'un fauve musclé qui lui-même avait fait élever des barreaux à sa cage afin de se protéger du monde. Elle avait de grandes dents très saines, très blanches, un éclat railleur dans les yeux. Ses cheveux bruns étaient robustes mais gras. Ses pieds étaient chaussés de sandales communes. Deux ans plus tôt elle était déjà fiancée à un athlète très connu, mort dans un accident de voiture. Cette mort stupide lui donnait-elle cette expression d'être constamment en alerte ? C'était un loup. Un loup femelle fixant la porte d'un poulailler dans un paysage de neige. On sentait le froid autour d'elle, on entendait aussi les gloussements de peur des volailles. Voilà une fille de caractère !

« Elle est laide comme un pou, pensait Louise, mais elle a trouvé un homme. Comment s'y est-elle prise ? Ça n'est pas difficile. Le lit. Pourtant elle n'a ni fesses ni poitrine. (Louise en était pourvue.) Ils doivent baiser debout contre un mur en rentrant du cinéma, la nuit. » (On le voit bien, Louise n'était pas très intéressante non plus.)

Elle les envia et les détesta mais elle avait décidé de leur faire un cadeau.

Berthe déclarait ne voir autour d'elle que des figures fripées, archiconnues, apathiques, vivant de succédanés achetés à Prisunic. Il n'y avait pas un visage frais avec une ouverture d'esprit originale. Les vieux se donnaient entre eux le mot de passe pour ne pas mourir. On les aurait encore sur le dos dans cent dix ans. La question à savoir : qui survivra à l'autre ? qui mangera seul les plats de surgelés ? Le sentiment d'avoir été un enfant joyeux est oublié à jamais.

— Tiens-toi un peu tranquille, dit brusquement la tante, tu me donnes le tournis en marchant dans la pièce.

— Comme tu as l'air ramollie, répliqua Berthe, tu vis toute l'année avec des vieux, c'est normal. Qu'as-tu besoin de tenir cette pension de famille ? À ta place, je bazarderais tout en une semaine !

— Et je vivrais de quoi ?

— Avec les meubles du grand-père dans ton grenier, tout Clermont sait que tu as une fortune.

— Tu écoutes trop les gens parler.

Brusquement Louise avait envie de voir sa nièce s'en aller.

— Ah ! s'écria-t-elle, calme-toi, je vais t'offrir un cadeau pour ton mariage. Bien entendu tu préfères de l'argent ?

— J'en ai besoin chaque jour, dit Berthe.

Les objets étaient là sous la fenêtre. Pourquoi ne les avait-elle pas cachés ? C'était trop tard maintenant, le fiancé, Éric (curieusement indifférent aux paroles de sa dulcinée), s'était emparé du tableau. Sans se gêner il l'installa sur les bras d'un fauteuil. Il se taisait. Le talent commence par le silence, celui d'Éric ennoblissait sa curiosité. En regardant le garçon on devinait qu'il réfléchissait à une chose difficile. C'était sympathique. Les deux femmes, qui n'avaient plus rien à se dire, l'observèrent, l'une et l'autre avaient l'air d'écouter leur disque favori. Louise eut l'impression qu'une main douce se posait sur son ventre. Pour la chasser il lui aurait fallu avoir l'audace de retirer son tableau des mains de l'homme et de l'emporter dans une autre pièce. Elle ne le fit pas, et ce tact fut à l'origine de bien des épreuves par la suite.

— Admirable tête, dit enfin gravement le visiteur.

Berthe pouffa en s'approchant de la toile.

— J'ai déjà vu ce tableau chez toi, il est infect !

Le garçon regarda Louise sans prêter attention au jugement de sa fiancée.

— Je ne l'ai jamais vu chez vous, il est vrai que je viens pour la deuxième fois seulement, où était-il ?

— Dans mon grenier.

— Incroyable... un chef-d'œuvre dans un grenier, on a lu un titre pareil dans les journaux.

« Entendre ce garçon vous chuchoter des mots d'amour ne doit pas être désagréable », pensa Louise. Il était nettement plus âgé que Berthe, trente ans, peut-être plus, fleurant le charme d'un poète vagabond comme il y en a dans les livres de Jean Richepin. (Madame la Gloire, vous souvenez-vous de cet académicien ?) Il n'était pas sans élégance dans son blouson de cuir, une ride ferme, sans raison apparente, s'était installée entre ses yeux, qui semblaient charbonnés par la proximité des sourcils abondants et noirs. Il émanait de lui un sombre humus, signe de force primitive. Il avait de belles mains, un long nez pour humer le muguet en avril et les camemberts chez l'épicier, un teint pâle, très pâle, non dépourvu de charme. Il sembla parler pour lui.

— Absolument superbe...

— Ne commence pas ton numéro, souffla Berthe.

Elle alliait le mépris brutal à la désinvolture. Ses jugements étaient sommaires. Il n'était pas question pour elle d'admirer quoi que ce soit dans la vétuste pension de famille que dirigeait sa tante. Tout y était laid à ses yeux. Désert d'objets morts. Décoration, révélation de mort.

Il y eut un silence. Éric questionna Louise :

— Il vient de votre grand-père ?

— Oui, il a dû l'acheter avec tout un appartement, cela se faisait à l'époque, mais si cette toile avait la moindre valeur elle ne serait plus ici depuis longtemps.

— Vous voulez la vendre ?

— Eh oui !

— Faites-la expertiser au moins, qu'est-ce que ça vous coûte ?

Berthe se leva, fâchée.

— Mais de quoi tu te mêles ? Je connais cette toile, c'est une copie peinte par un type qui voulait imiter un peintre ancien... elle est noire !

— Il faut la faire nettoyer, c'est facile, dit Éric. (Il ne quittait pas le tableau des yeux, d'une voix basse il poursuivit :) On dirait une flamme d'argent qui bouge sur ce visage, le fond noir n'est pas bouché, il respire, un copiste n'aurait pas fait cela... regardez la couleur, elle n'obéit pas à des nuances comme chez les Impressionnistes...

Berthe éclata de rire en se tournant vers sa tante.

— Tu t'en doutais?

— Non. Il me déplaît, cela suffit.

— Tableau certainement italien, fin du XVIIe ou début du XVIIIe, annonça le fiancé. Les touches vermillon sur les joues sont d'un culot fou. Soutine a fait cela.

— Ce vermillon a été rajouté par un autre peintre, affirma Louise.

— Absolument pas! Les touches et le reste du visage sont de la même main.

— Vends cette croûte! s'écria Berthe, ne l'écoute pas.

Éric parla simplement :

— Dans ce cas je vous l'achète, combien en voulez-vous?

— Tu n'as pas un sou, cria Berthe, où prendrais-tu l'argent?

— Ne m'embrouillez pas avec des chiffres, enchaîna Louise, d'ailleurs l'affaire est faite.

— Vous l'avez vendu?

— Oui.

— Tu as bien fait, dit Berthe.

Mais il insistait sans lever la voix.

— La toile est encore chez vous. Faites-la expertiser à Paris, c'est votre droit. L'argent qu'on va vous donner ne représente rien...

Berthe se déchaîna :

— C'est scandaleux! Je suis en retard d'un mois pour payer le loyer! Qui paie la nourriture que j'achète chaque jour, toi ou moi ? Quel argent tu gagnes ? Dis-le à ma tante...

Il y eut un silence, elle reprit :

— Dis-le, quel argent tu gagnes ?

Éric ne répondit pas, Louise fut décontenancée, cet homme qui se faisait entretenir par sa nièce n'était pas intéressant. Puisqu'il n'avait aucune fierté il n'emporterait pas son tableau. Allait-il continuer à se taire ? Ce fut pire.

— Je peux trouver deux mille francs, trois mille peut-être...

— Inouï ! lança Berthe d'une voix aiguë, c'est moi qui lui donne de l'argent pour ses cigarettes... Écoute ma tante, Éric est un maître quémandeur, en même temps un maître peloteur. Les deux. Méfie-toi de lui.

Allait-il renoncer aux enchères ? Oui, mais il ne put s'empêcher de parler comme s'il se consolait en fixant le Christ.

— C'est un visage archaïsant, à la fois ingénu et populaire.

La scène avait trop duré, les deux femmes ne répondirent pas. Elles parlèrent entre elles. Voix de raisonnable intimité. L'homme reposa lentement le tableau sur les bras du fauteuil. L'instant plus tôt, il l'avait approché de la fenêtre. Le regard qu'il posait sur la peinture était celui d'un désir morose.

Ce qu'il voyait maintenant à la place d'un Christ semblait appartenir au mystère du vide. Plus de figure, mais une sorte de visage à la peau transparente, aux paupières fermées et derrière cette peau, derrière ces paupières s'étendait un espace lumineux plein de scintillations. Puis venaient doucement des accords, des combinaisons de formes inconnues de lui. Elles exprimaient une vie indicible. Des paysages oubliés, une rue, un groupe de maisons disparues depuis son enfance semblaient se libérer d'un long emprisonnement. Il les reconnaissait, vibrantes, dans l'enchevêtrement d'un reflet cristallin. Le tableau devenait alors un miroir d'argent. Les formes à l'intérieur se présentaient dans une perpétuelle résurrection.

À un moment, il lui semblait contempler l'apparition de la vie sur la terre. Il n'était plus rien, il se souvenait de tout. Il devenait différent de ce qu'il avait été jusque-là. Au-delà des hommes il n'y avait plus de chagrin car le temps des hommes appartient au chagrin. Il était sauvé. Qu'est-ce donc qui montait vers lui ? C'était peut-être son âme qui refusait de s'anéantir dans le tableau. L'imprudent ! Hier encore il était un homme comme les autres.

Il était lui-même un spectacle pour les deux femmes qui souriaient en le fixant. Elles n'imaginaient pas une telle patience devant une peinture. Il avait l'air d'être tombé dans un trou. Quel rêveur ! Impoli avec ça...

— Il y a dix minutes que tu regardes cette peinture, dit Berthe, maintenant apaisée. Ma tante a eu le temps de me montrer toutes les photographies de la famille...

Ils partirent enfin, Louise fut assaillie par des scrupules. « J'aurais pu lui donner ce tableau... c'est Berthe qui m'en a empêchée. » Elle regretta son avarice. Ce garçon ne lui était pas indifférent. Il devait fréquenter les bars mais il n'avait pas d'argent. Peut-être cambriolait-il les églises ? Curieux amateur de tableaux en tout cas. Curieux mariage en vue.

Trop de tableaux. Trop de peintres. Trop de musées. Trop de tout mais pas de cœur ! Trop de revue d'art mais pas d'artistes... La nuit est tombée. Au-dehors le vent se prend les cheveux dans les branches des arbres. Des ombres se promènent dans la chambre. Le tableau repose dans un coin. Louise dort enfin. Avec une perfide bonté Berthe lui chuchote à l'oreille de se méfier d'Éric. *C'est un homme à femmes.* Ça veut dire quoi ? Ce sont elles qui l'aiment ou lui les aime ? Il se faufile dans leur cœur sur la pointe des pieds. À côté d'une femme nue il calcule, réfléchit, et tandis que sa compagne dort à poings fermés, il se caresse distraitement le sexe fatigué. La pauvrette s'est donnée à lui avec une gravité émouvante. L'homme à femmes a un visage pâle comme celui d'Éric, il n'a aucune responsabilité dans la vie, il se contente d'être aimé. Plus on l'aime et plus il est naturel. La femme est heureuse de l'aimer. Hideuse tendresse. Sublime tendresse. Celui qu'elles adorent les abandonne un jour. Le charme a perdu ses couleurs sous la pluie mais on ne l'oubliera jamais.

Louise rêve que sa mère va prêter deux mille cinq cents francs à Éric pour acheter le tableau. Berthe insulte son fiancé : « Continue à faire le crétin ! » La mère n'a pas un sou, son mari ne vend plus rien. La mère disait « patience ! » et le père répondait « on a trop attendu ». L'argent. Toujours l'argent. Louise depuis leur mort se demandait ce qu'ils voulaient dire. Elle ne le saura jamais. Voulaient-ils se suicider ensemble ? Certainement ils voulaient se suicider. On passe à côté de drames effrayants dans la vie. Louise avait frôlé bien des dangers terribles.

Si cet homme était venu la voir sans sa fiancée, elle lui aurait donné le tableau. Absolument. C'est la fiancée qui a tout fait rater. Faire plaisir à un homme est un abîme où une femme peut tomber la tête la première, les larmes dégoulinant sur ses jambes nues. Louise donne le tableau mais elle serre ses jambes très fort. C'est si bon de donner à quelqu'un qui demande. Comme il avait regardé cette peinture toute noire où il n'y a rien à voir du tout. Mais il ne l'a pas remarquée, elle, Louise. C'est un poète. Elle s'interroge dans son rêve. « M'aimera-t-il si je lui donne le tableau ? » Cet homme lui fait peur. Il y a en lui quelque chose qu'elle ne comprend pas. Mais il est beau garçon. Elle songe : « Ce serait bien qu'il me fasse un gosse. » Mais pour faire un enfant à une femme il faut plus d'assurance, moins de rêverie, moins d'émerveillement. Mais qui sait ? La pluie crépite sur le toit, Louise ne l'entend pas. Rêver à un homme c'est se distraire de Dieu. Oui ?

VIII

Parlons d'Éric, Barbe-Bleue plus pâle qu'une Vénus de Milo en plâtre ! Il n'avait jamais essayé d'apprendre à sourire aux choses et aux hommes. Ses yeux surtout étaient admirables. Brun, vêtu d'une chemise blanche et d'un pantalon de velours noir, ses gestes étaient graves et précis. Dans l'amour ses traits se durcissaient. Refusant de séduire, il laissait les femmes venir à lui. Il vivait à vide. Il n'était ni bavard ni vantard, humble plutôt, toujours en accord avec ses muscles. Crispé par l'évidence de plusieurs échecs sociaux, il s'appliquait à se rassurer. Élevé dans du coton par des parents bonnetiers à Troyes c'était une canaille chanceuse et mélancolique. Il avait l'air d'un grand oiseau logé dans la cloche d'un vieux clocher.

Son intimité avec les femmes l'avait rendu cruel comme un chasseur de serpents. Bizarrement, sa nature sensuelle cherchait la souffrance, l'ayant trouvée il ne se plaignait pas. Parfois il se sentait l'âme d'un petit chien qui jappe à la lune, cela pouvait lui arriver en plein jour, il devenait alors sombre et pesant, jouissant d'un chagrin inconnu. Pendant ce temps sa compagne faisait cuire un bon plat sur un réchaud, il le dévorait en silence et ne remerciait pas.

Il avait fait le projet très sérieux de créer une agence de tourisme avec un personnel musclé, où il aurait organisé un Naufrage de la Méduse et bien d'autres catastrophes célèbres où l'on périrait de faim, de froid, de la peste, pour ceux, fonctionnaires ou non, qui s'ennuyaient à mort toute l'année dans un bureau trop chauffé. Il aurait voulu être l'envoyé de Lucifer sur la terre afin que Dieu puisse s'intéresser à lui. À défaut le pape. Mais une femme dans son lit présentait pour lui l'espérance terrestre. Avec elle il découvrait l'Amérique chaque nuit.

Est-il vrai qu'il existe des hommes vils possédant tout de même un don inné et pur capable de bouleverser d'autres êtres jusqu'aux larmes ? Don que ne posséderont jamais tant de gens honnêtes ! Éric, lui, avait reçu le don de plaire aux femmes, aussi les hommes le méprisaient. À vingt ans il avait préparé le professorat de dessin de la ville de Paris avec un acharnement méthodique. Le jury (composé de vieilles pipes) l'avait écarté des épreuves orales. (Trop de fantaisie dans son dessin.) Ensuite, il avait entrepris des démarches pour surveiller un chantier archéologique en Égypte. Nouvel échec. Restaient les femmes pour le faire vivre.

Elles étaient des insectes dans la ville, avec leur

émouvant petit visage d'enfant fessé par des pères de passage. Épaves têtues et fardées, plus fières que les hommes, ces chiens monotonément couchants. Elles étaient des êtres fiers, privilégiés par le don constant de leur cœur. Toujours imprudentes! Toujours aimantes, une sève immémoriale coulait en elles. Leur beauté les entraînait vers des régions dangereuses, infernales, où elles s'enfonçaient toutes seules, courageusement sans penser à l'avenir. Des hommes comme Éric leur donnaient le goût fascinant d'un amour violent et désolé. Gestes physiques hallucinés par la même complicité, tournant le dos au désert social. Guirlande des membres noués dans des draps pareils à des nappes d'autel. (Oh, l'amour a tellement de quoi séduire ceux qui ne veulent pas réussir dans le monde ni devenir célèbres.)

Éric était de ces hommes qui ont peur de leur ombre, les femmes lui donnaient la leur avec une douceur fraternelle. Elles travaillaient pour lui, elles faisaient la cuisine, le lit, elles repassaient ses chemises en soie et la nuit, licornes pâles aux seins pointus, échappées d'un cirque où leur statut d'assurées sociales ne leur donnait ni l'aisance ni le bonheur, elles n'avaient en tête qu'une pensée farouche : recevoir des caresses pareilles à un feu grégeois. Baiser, baiser encore sans hypocrisie, sans méchanceté ni arrière-pensées, se donner corps et âme à la plus obscène aventure solennelle et forte comme une prise de voile. L'une et l'autre ont l'amour pour origine. La beauté d'Éric leur donnait la force qu'il faut pour rompre avec la famille, l'ordre, la sécurité...

Il connaissait les grands musées d'Europe, il avait passé toute une journée devant *La Tour de Babel* de Breughel à Amsterdam au point d'inquiéter le gardien. À Madrid, au Prado, dans l'escalier qui conduit au *Jardin des délices* de Bosch, il montait lentement chaque marche afin de ne pas se trouver trop brusquement en face des fantasmagories du peintre. Plaisir vaste comme un ciel sans ride. Le drôle avait fait une grande copie de *La Charmeuse de serpents* du Douanier, une superbe toile qu'il avait vendue tout de suite, mais ce beau feu fut sans lendemain, pinceaux et tubes rangés bien vite dans un tiroir.

Éric prenait la main d'une femme en lui disant : « Méfiez-vous de moi, je vous le dis en ami. Un jour je vous ferai de la peine. Faisons en sorte que ce jour n'arrive jamais, mais s'il survient, que la peine nous rapproche encore plus que la peau. Que la peine soit encore de l'amour. »

Elles avaient l'impression qu'un prêtre les confessait au matin après leur avoir fait l'amour dans la nuit. Dans ces âpres tourments et ces ombres charnelles la joie apparaissait soudain, si forte !

Parlant couramment trois langues, il connaissait la technique de l'eau-forte, du burin, de l'aquatinte, du vernis mou.

Ah, nous arrivons à un moment pénible, comme certains paysages de montagne révèlent soudain au tournant de la route un aspect terrifiant : en périodes de vaches maigres (animaux d'un blanc spectral pourvus de cornes noires), Éric exécutait des dessins érotiques *qu'il signait du nom de Bellmer*, célèbre chez les surréalistes. Il les revendait à une galerie située tout en bas de la rue Guénégaud. Les faux Bellmer étaient plus beaux que les vrais. Le marchand en réclamait des nouveaux. La devise d'Éric : « Une de perdue, dix de retrouvées. » L'amour est féroce comme un crochet de fer qui pénètre dans un quartier de bœuf. Pas de poésie. Le corps vient d'abord, l'esprit suit et compose un poème.

« Je n'ai pas encore vraiment trouvé pourquoi je vis, disait Éric, je ne m'en soucie pas, au moment de mourir je trouverai. »

Tel était cet homme redoutable lorsqu'il rencontra un soir, chez elle, la bonne Louise. (Comme nous l'aimons, nous ne l'appellerons plus la vieille fille.)

IX

Il était plus tard que d'habitude lorsqu'elle s'éveilla. Le soleil était déjà haut, il chuchotait à son oreille la promesse d'une belle journée. Sur le point de se lever elle se ravisa afin de mieux se souvenir de la dispute qui avait éclaté chez elle, la veille. Et justement à propos du tableau. C'était étrange. Cette peinture décidément posait des problèmes. Louise n'était pas fâchée de ce tapage, les jeunes ne s'épargnent pas, ils se dévorent même. En ce moment elle se sentait heureuse d'être seule, ses membres fondus dans la bonne chaleur des draps. Elle pensa :

« Ils doivent continuer à se déchirer. Voilà ce qui me serait arrivé si j'avais été mariée. Dans le fond les femmes sont plus heureuses dans les harems, elles se vautrent sur des coussins dans un coin et se pomponnent toute la journée. Pas de problèmes d'argent. Pas de discussions avec le maître qui les visite de temps en temps. »

Aurait-elle aimé cette vie ? Oui, certainement : être une esclave vouée uniquement aux rapports sexuels avec le maître, ne plus faire la cuisine, les commissions chez l'épicier, ne plus remplir des feuilles d'impôts, écouter de la mandoline et donner sa peau en gardant pour soi ses pensées. Voulait-elle cela ? Oui, parfaitement. Il y a des femmes aux Indes où l'expérience de la pureté spirituelle commence par la faculté d'être une putain. Putain, cela veut dire servir à un usage utile comme la brouette, la pioche. Il y a plusieurs chemins, plusieurs chapelles, plusieurs religions même s'il n'y a qu'un Dieu. Il faut savoir choisir, c'est-à-dire se séparer d'une partie de soi pour vivre en paix avec l'autre.

Cet Éric tout de même c'était un drôle de type. De quelle cérémonie était-il le prêtre ? Pour le dire le langage n'était pas d'un grand secours. Il avait de fougueux mouvements de bras, de belles mains avec une lumière d'ambre. Un costaud malgré sa pâleur. Certainement un homme capable d'étreintes expertes, sans elles Berthe ne le nourrirait pas.

Pouvait-elle trouver en ce moment une sécurité plus grande que la sienne ? Mais cette paix signifiait aussi l'absence cruelle de bonheur. À la longue une vie sage est aussi épuisante qu'une autre, vouée aux scènes de ménage.

Si ce garçon n'avait pas vu le tableau il se serait contenté la veille d'une visite désinvolte avec quelques simagrées de politesse. C'est la vue de la peinture qui l'avait déchaîné. Cette passion enfantine alors qu'il devait avoir trente ans... Trente ans passés... En vérité ce joli cœur ne la touchait pas plus que le tableau lui-même. Tout de même on ne se présente pas chez les gens en tombant en arrêt devant un plat ancien, une céramique pour crier : « Dieu que c'est beau ! Je vous offre deux mille francs et même deux mille cinq... » Il ne lui avait même pas accordé un seul regard sensible. À un moment, il l'avait appelée Louise pour quémander ensuite comme un gosse. (L'avait-il appelée Louise ? Même pas.)

Elle pensa (et ce fut un démon qui l'écouta) : « Avec mon tableau je te tiens mon petit Éric, mais c'est inutile de revenir chez moi, la peinture va prendre l'air... »

Il y avait eu aussi quelque chose de nouveau, un homme pour la première fois l'avait suppliée, mais l'intérêt seul l'inspirait. Berthe était là, redoutable, veillant au grain.

Ainsi sont les hommes, roués, mendiants, sans tact, intéressés, doués pour jouer la comédie. Éric appartenait tout à fait à ce siècle marchand. Mais il n'était pas *terre à terre* comme les autres, il s'enthousiasmait, il délirait même alors que des hommes de son âge ne peuvent le faire qu'en voyant des chevaux courir ou des joueurs frapper dans un ballon de football. C'était à prendre en considération. Il y avait eu un moment curieux quand elle montrait des photographies à Berthe, il s'était concentré devant la peinture au point de vouloir s'y confondre. Que voyait-il dans le tableau ? Elle-même ne voyait qu'un visage méchant et noir.

Le tableau pouvait-il changer la nature de sa surface peinte selon l'âme de celui qui le contemplait? Sottise. Elle faillit se lever pour observer sa toile mais elle y renonça tout de suite. Les valeurs tangibles d'un objet, en l'occurrence une peinture, sont immuables, et le regard est là pour les contrôler. Oui, oui, tout cela est parfait, et pourtant elle était décontenancée.

Oh! l'heure de se lever était passée depuis longtemps. Elle ne bougeait pas. Elle sentait douillettement qu'elle était en train de se retrancher du monde. Bien sûr *elle se faisait des idées,* cette visite l'avait énervée pour la bonne raison qu'elle ne recevait jamais personne. Ce couple devait vivre dans la pauvreté, avec quelle vigueur Berthe avait réclamé de l'argent à sa tante! Et les hommes qui désirent posséder un visage du Christ sont bien rares à notre époque. Celui-là était peut-être un mystique. Elle sourit. « Tout à l'heure j'ai pensé qu'il était lubrique. » Mais les extases, les cris amoureux de sainte Thérèse d'Avila obéissaient peut-être à un besoin avide de caresses.

Éric était un papillon de nuit qui meurt les ailes collées à une lampe dans un jardin. Les sens... Le plaisir et puis le néant est devant soi.

Mais la pensée méfiante revenait : simplement il voulait tirer un bénéfice de ce tableau. Faire une affaire. Ce qui prouvait bien la naïveté de Berthe dans les échanges de sentiments. Il y avait bien une raison de sa part pour avoir nourri ce garçon depuis des mois... Toujours la même raison : « le lit », pensait Louise avec une âpreté jalouse qui allait *crescendo.* Honte sur Éric, honte sur Berthe, honte sur toi Louise ! Trois hontes impudiques et suffisamment plausibles. Honte de se coucher pour faire l'amour comme pour mourir dans un lit. Mais ne sommes-nous pas nés déjà dans un lit ? Qu'une mort sans laideur nous conduise vers l'oubli.

Le couple furieux se déchirait toujours devant elle. Elle pensa : « Ma mère disait : quand il n'y a plus d'avoine au râtelier, les chevaux se battent entre eux. »

Un rayon de soleil éclaira le fond de la chambre. Encore un moment à garder les paupières fermées pour revoir les deux comédiens aux abois. Oui, deux comédiens voués à de sordides caprices. Elle se creusait toujours la tête : qu'est-ce qu'il y avait dans ce tableau pour astreindre le nommé Éric Thuillier à garder une immobilité parfaite pendant un long moment ? Elle pensa : « Je me demande ce qu'ils ont dit de moi en rentrant chez eux. Des sottises sans doute. »

Tout simplement Louise avait besoin de s'aimer, mais comment y parvenir quand personne ne vous aime ?

Elle vieillissait, ainsi elle n'allait plus à la piscine alors qu'elle nageait si bien, son esprit battait parfois la campagne mais elle gardait une foi mystérieuse dans son corps. Ce corps lui aussi était un propriétaire qui réclamait l'argent du loyer. Elle décida de sortir davantage, de fréquenter des cafés, de courir les vernissages le soir. Une véritable frénésie de peinture s'était emparée de Clermont, tout le monde peignait, exposait des œuvres qui très souvent s'inspiraient tout droit de celles exposées au Centre Pompidou, musée lui-même en proie à ses démons hétéroclites et mondains. Infiniment ressassé, pillé, traqué dans un domaine dévasté, l'art abstrait était devenu un pénitencier rigide avec son directeur, ses gardiens-chefs, ses détenus, son concierge, son aumônier.

Indifférente à la lumière de plus en plus forte, Louise se creusait la tête pour savoir comment Berthe s'y était prise pour séduire un si beau garçon. (La jalousie, l'incrédulité.) Un jour, ayant rencontré sa nièce dans la rue, elle lui avait demandé de ses nouvelles avec un grand élan d'affection. « Comment vas-tu, Berthe ? » « J'attends la nuit pour baiser », avait rudement répondu la drôlesse. Louise avait été mortifiée, elle n'avait pas mangé de la journée, le cœur lourd de rancœur et comme mordue au ventre.

Cette Berthe, c'était une bête. Simplement une bête. Pas un seul bijou sur elle, ni une fleur, ni de vieux parents à mettre au lit le soir. Pas de poireaux à faire cuire. Pas d'anthologie de poésie à lire. Pas de chimère démente en tête. Elle baisait comme une crécelle qui tourne sur elle-même, animant sa carcasse et son mécanisme, liée à son partenaire d'un soir comme à son propre destin. Pour elle les fastes du monde (y compris le château de Versailles) gardaient les dimensions d'un sexe, sentinelle saturnienne glissant sans cesse de son propre élan. (Son âme ? Elle l'avait perdue à Laghouat.) Avec sa peau elle aurait réchauffé la morgue d'une grande ville. Émue par la mélancolie de sa tante, elle l'avait longuement conseillée :

— Tu es jeune encore, Louise, tu peux plaire, mais tu fais trop distinguée, ça fait peur aux hommes. Si tu veux les séduire mélange un parfum de rose à ta sueur. Ouvre tes lèvres en marchant dans la rue, ça les excite. Vas-y *pianissimo* pour commencer mais ne t'arrête pas en route en pensant à la Pentecôte. Si tu prends un air distant avec les hommes tu leur coupes le sifflet. Fais la bécasse, tu flatteras leur bêtise. Ils t'invitent au restaurant ? Mange en petites quantités, mais choisis ce qu'il y a de plus cher, ils te respecteront. Fais la dinde pour leur donner le goût d'y mordre. Fais l'enfant, ils auront envie de te prendre sur leurs genoux. Ne leur parle ni art ni religion. Picasso ? Tu connais pas, qui est-ce Picasso ? Le bon Dieu pour eux c'est la mort, ils n'y pensent jamais. Quand tu verras leur imagination échauffée, prends tes distances, laisse-les venir. Tantôt tu es frondeuse et tantôt tu es câline, mais surtout ne leur donne jamais l'impression que tu es leur chose, je veux dire leur propriété. Jamais cela, tu m'entends ? Tu es un petit oiseau, tu chantes sur la branche et tu t'envoles à leur nez. Fredonne... Je ne suis pas contre les grands sentiments, mais évite les moumouteries. Je veux dire les émotions où la peau est proche. Exaspère-les par ta réserve avant de sauter la barrière. Tu ne sais pas grand-chose de la vie. Fais-le savoir. Résultat : tu n'es pas encore mariée à ton âge. Pendant des mois, limite-les aux tétées. Jamais plus bas. Impose-leur une discipline de fer dans la chair. La tienne. C'est toi qui commandes la manœuvre. Évite les intellectuels, ils prennent trop de plaisir à parler. C'est eux qu'ils aiment. Expulse leur amour. Comment ? Tu mets de l'air dans ce qu'ils espèrent. Tu t'en tiens à la sympathie, jamais de gestes caressants. Tu joues mais il y a des règles, fais-les respecter, on te respectera...

Quelle bavarde !

Long cri de honte et de dégoût ! Désolation d'un cœur incapable d'aimer. Et dire que le Christ a pardonné à Marie Madeleine ! L'obscène vie fait saigner la mémoire. La rose que nous aimons cache un fumier en elle. Quels conseils hideux donnés à une vieille fille dans la rue ! Indifférents à ceux qui pouvaient les entendre ! Comment écouter une fille ayant eu pour amant un cafetier arabe né à Laghouat, une femme qui volait avec une adresse géniale un camembert ou un bâton de rouge à lèvres dans le Prisunic de la ville ? Ce jour-là Louise était rentrée chez elle en tremblant. Non, pas de cohabitation lascive avec un homme pour elle. Elle resterait vieille fille toute sa vie. Dieu l'aiderait.

Mais une femme qui se garde pure garde en même temps la pureté de Dieu, et ça c'est diablement au-dessus de ses forces le plus souvent. « Il n'y a que les mortes qui ont la paix », se disait Louise.

Voilà les femmes. Oh, pas toutes! Pas toutes. Chacune est une lampe qui éclaire une pièce sombre. Elles sont parfois des sources où poussent des lys, des myosotis, des ajoncs. Les unes se taisent toute leur vie, inaccessibles, sombres, ne perdant rien du sel qui vient dessécher leurs lèvres, cachant leur cœur, ombre et fantôme d'un amour perdu. D'autres s'agitent, parlent sans cesse en public, et pourtant si seules, comme maudites, insaisissables, habitant une tour ruinée, se dévouant à une œuvre impossible, risible, jamais elles ne cherchent à plaire, car plaire aux autres c'est se mentir à soi.

D'autres aiment seulement les fleurs et les fleurs les aiment. Elles ne peuvent plus pleurer. *La semence d'un homme est encore verte dans leur ventre et ne pourrira pas.* Ne vous lamentez pas pour elles, elles sont heureuses d'avoir échappé au temps des mensonges et des commodités. Et celles qui sont très pauvres, la misère ne les effraie pas, elle est devenue acier, ardeur sombre dans leur cœur. Elles échappent d'instinct au destin impitoyable qui régit la reproduction des mammifères sur la terre. La force douce vit toujours dans leur cœur.

Louise avait sa place parmi ces femmes, épuisée d'être seule, dialoguant avec des esprits ayant appris l'oubli, et voulant à son tour les oublier maintenant.

Aurait-elle un jour un enfant? Avoir un enfant! Ce qu'on apprend de lui nous découvre des liens avec le monde. Le malheur pour une femme c'est d'avoir besoin d'un homme pour mettre un enfant au monde. Certaines en sont mortes de chagrin, mais l'enfant est né quand même. Il a été réellement heureux.

Louise se disait : « *Chaque chose que j'ai vue petite, je l'ai vue seule, et personne ne me l'a expliquée. C'était terrible, mais j'ai compris que je devais me taire. Par une porte entrebâillée j'ai vu le mal et j'ai fermé les yeux en repoussant doucement la porte, mais c'était trop tard, le mal en moi maintenant continuait son chemin et m'ordonnait de me taire. Je le cachais aux autres en le faisant à mon tour.*

« Les hommes ne m'ont pas touchée, mais ils m'ont tuée.

« J'ai grandi au milieu des porcs, des renards, des ours, des singes, des lapins. Et ce que nous avons détesté le plus au monde nous le détesterons un jour encore plus. »

Brusquement elle se leva du lit, il lui fallait d'urgence appeler l'antiquaire pour en finir avec ce tableau. L'heure de le chasser de sa maison était venue.

X

Le bonhomme avait promis de venir au début de l'après-midi, aussitôt la peinture trouverait un nouveau propriétaire. Malheureusement une idée stupide se présenta à l'esprit de Louise. (Elle voulait toujours vérifier, s'informer.) Elle décida d'aller montrer la toile aux pensionnaires avant qu'elle ne soit vendue. Quelle erreur ! Il ne faut pas parler de ses affaires aux autres, ils s'en emparent vite, en deviennent désormais les maîtres pointilleux et jaloux.

L'enthousiasme du visiteur de la veille avait impressionné Louise, allait-elle en savoir la raison ? Éric était jeune, cultivé, mais que diraient du Christ les vieilles gens ? Puisqu'elle-même voyait une sorte de monstre en fixant la toile, que découvriraient les autres ? On le voit bien, l'art n'était pas en cause. La confrontation survenait bien tard, mais Louise y tenait beaucoup. Elle était assez intelligente pour ne pas croire un seul instant à une histoire de figure hantée. Non, pas d'extravagance. Une peinture peut être interprétée, c'est tout, n'y ajoutons pas la magie noire ou blanche. Seuls certains êtres humains sont hantés, parce qu'ils expient le mal qu'ils ont commis.

Pareille à Eurydice, Louise voulait sortir de l'ombre, en avoir *le cœur net* (elle aimait beaucoup ces mots). Face à la toile, un vieux pensionnaire à l'air imbécile trouverait peut-être, génialement, la clef perdue d'un jardin fermé depuis des siècles. Balivernes, il n'y a ni clef ni jardin mais seulement un chromo très noir qui vous empoisonne l'existence. La peinture devenait donc comme une connaissance singulière dont on parle entre amis. *Louise avait un urgent besoin de témoins.* C'était assez drôle puisqu'elle avait toujours soigneusement caché la toile jusque-là.

À cette heure les pensionnaires devaient achever tranquillement leur déjeuner. Louise (elle n'est plus une vieille fille) s'empara de la peinture d'une main ferme sans y jeter un coup d'œil et pénétra en souriant dans la grande salle à manger, où trônaient autrefois Gérard Lhers en personne et les siens. (Souvenirs, mémoire raturée !)

— Bonjour à toutes et à tous, dit-elle gaiement, j'espère que vous allez bien, il fait beau aujourd'hui... Je viens pour vous montrer une œuvre ancienne qui va bientôt quitter la maison, je vais la vendre pour offrir un cadeau à ma nièce qui se marie. Je voudrais que chacun me donne son avis... si vous n'aimez pas, dites-le franchement, aucune importance. Nous pouvons tous apprendre quelque chose les uns des autres. Allez-y, je vous écoute...

Elle souriait à plaisir.

La rusée s'était bien gardée de dire qu'il s'agissait d'un Christ. Peut-être verraient-ils une marionnette à la place ? Finalement, ce fut elle qui fut surprise.

Il y eut un silence, quelque chose d'un songe venu peut-être de l'enfance baigna la grande pièce. Louise se rappela les gestes d'Éric quand il avait posé la toile sur les bras du fauteuil près d'une fenêtre. Elle réussit adroitement à l'imiter. L'azur du ciel dans l'échancrure d'une fenêtre brillait de tout son éclat. Le sombre tableau apparut à tous en pleine lumière. Un Christ ! Son nom n'est pas écrit sur son visage mais on le reconnaît. La lumière noire du tableau était un vin. Bonté, méchanceté, souffrance, pardon, tout se mêla brusquement. Défiant le chagrin le visage devint mémoire et musique. Louise fut stupéfaite de ne pas le reconnaître.

Il y avait autour d'une grande table, recouverte d'une toile cirée de couleur blanchâtre où traînaient des restes de vivres, neuf pensionnaires, la vieille Madame Laduret gardait sa chambre ce jour-là. (Une chance pour Louise !)

Neuf pensionnaires sans la moindre certitude de voir la journée du lendemain tant ils étaient âgés, n'ayant plus de maison ni de famille sur la terre. Ils formaient un monde semblable à des racines immobiles, impénétrables, vouées au mutisme souterrain.

Et pourtant, on les sentait aux aguets avec une expression rusée, méfiante dans leur décrépitude. Leurs mains sèches taillées comme les serres des rapaces et couvertes de taches sombres étaient inertes, les doigts paralysés. Leurs maxillaires mâchaient lentement un bout de pain. Membres raidis, yeux clignant interminablement, bouches flétries, ils voulaient tellement vivre la fin de cette journée! Encore un jour dans le foisonnement d'images connues. Encore un jour qui n'amènerait avec lui que déceptions, impatience, tics, douleurs des muscles. Une vieille, la tête obstinément baissée, épuisée, ne voulant plus rien voir ni entendre, s'agrippait à grand-peine à la table.

Le Christ était devant eux ineffablement tendre et bon. Il n'était que souvenance d'un amour perdu. En vérité, il était venu aussi pour aimer ces vieillards voués à la solitude et à l'oubli. Ses boucles blondes semblaient caressées par un souffle tiède. Elles s'agitèrent doucement, jouissant d'un courant d'air incompréhensible. Perclus de douleur, immobiles, les pensionnaires s'agitèrent tous ensemble. On entendit pour commencer un chuchotement pareil à un râle très doux, où se mêlèrent des soupirs, des plaintes, se reflétant dans les regards vides. Des mots se formèrent, une phrase même et ce fut bientôt une joyeuse familiarité qui triompha du mutisme.

— Jésus... Jésus! lancèrent des voix.

Louise fut dépitée. « Ils voient un Christ, se dit-elle, pourquoi moi, je vois un malabar? »

La sotte ne put tenir sa langue :

— Alors, cria-t-elle, vous le reconnaissez ?

Ils se turent subitement comme surpris, pareils à des errants sur le quai d'une gare lorsque le contrôleur s'avance vers eux.

Ce fut soudain, insupportable, une vieille femme au visage pâle s'approcha du tableau en tremblant. Elle cria d'une voix de tête :

— Le Sauveur ! Le Sauveur est venu nous voir !

Des convulsions passèrent sur son visage, elle répéta encore une fois le mot « Sauveur » en se signant.

Louise n'avait pas prévu cela, ces piaulements l'effrayèrent.

— Madame Darmois, cria-t-elle, cessez !

— Seigneur qui effacez les péchés du monde, reprit Madame Darmois d'une voix brisée, nous sommes devenus pires que des bêtes dans cette maison... pires ! Je savais que je vous reverrais, Seigneur, je l'avais rêvé.

— Jésus ! Jésus ! crièrent plusieurs voix.

— Il vit ! Il vit ! lancèrent frénétiquement d'autres vieillards.

— Mon Dieu ! Qu'allez-vous chercher, mes amis... vous regardez une peinture... s'inquiéta lamentablement Louise. Était-ce possible ?

Une agitation fébrile s'empara du groupe.

— Je vous dis qu'il vit, il va parler ! cria frénétiquement une grand-mère. Mademoiselle Lhers, c'est un miracle ! Il faut l'écrire dans le journal !

— Vous dites des bêtises, Jeanne ! répliqua durement Louise.

Elle aussi voyait des mèches bouger sur le visage qui souriait. Non, elle ne voulait pas les voir, ces gens lui faisaient perdre la tête. Brusquement elle prit un air distant, hésitant à reprendre son tableau et s'enfuir.

— Le Sauveur est venu pour que nous nous confessions avant de mourir ! cria Madame Darmois.

— Ah non, pas ça ! dit Louise.

— Si, Mademoiselle ! Nous allons nous confesser, vous voulez, vous autres ?

— Oui ! Oui...

— Vous saurez tout de moi, Mademoiselle !

— Mais je ne veux rien savoir ! Rien !

— Je pourrais être votre mère, Mademoiselle, j'obéis au Sauveur, à lui seul !

Elle cria soudain à tue-tête :

— Dans ma jeunesse j'ai fait la putain à Montparnasse... J'étais couverte de diamants, de bijoux, de broches, de colliers !

Elle s'arrêta, épuisée, remuant ses lèvres sans pouvoir parler, ses mains tremblèrent.

— Oh ! cria Louise, c'est honteux de dire ces choses !

Une joie extraordinaire illumina le visage de la vieille, elle enchaîna :

— Une honte ! Vous avez raison, Mademoiselle ! une honte ! Et puis un jour je me suis mariée, j'ai tout oublié... et quand j'ai vu le Sauveur j'ai compris que je devais me souvenir — elle eut un affreux sanglot et poursuivit avec une voix brisée : — Les hommes me faisaient boire... j'étais nue dans leurs bras... Ah ! j'ai fait la vie en ce temps-là. Je me couchais à sept heures du matin.

« La sale femme, pensa Louise, elle fait son numéro de cinéma. »

— Une honte..., reprit la vieille, vous avez raison, Mademoiselle.

— Ça suffit maintenant, dit Louise, taisez-vous !

Elle regrettait amèrement d'avoir montré la peinture à ces fous. L'air hébété, les pensionnaires poussaient de gros soupirs. Tout s'apaisait, mais voilà qu'un homme chauve aux grosses joues blafardes, la bouche tordue, s'écria dans une sorte de délire :

— Moi aussi, écoutez... j'ai abandonné ma femme et ma petite fille pour partir avec une autre femme. Elles sont mortes toutes les trois ! Toutes les trois...

Il enfonça ses poings dans ses paupières et répéta en pleurant : toutes les trois !

— Monsieur Babin..., supplia Louise, cessez...

— À moi ! À moi que je parle aussi ! annonça une femme, j'écouterai les autres après. J'ai eu un amant plus jeune que mon mari qui était concierge du lycée Hoche à Versailles, il me prenait quand mon mari faisait le ménage dans les classes...

— Cessez donc avec vos saletés, dit Louise, ça m'est égal ce que vous avez fait...

— On va tous prier pour nos péchés, annonça Madame Darmois, tous à genoux ! Vite ! À genoux.

Ils s'agenouillèrent maladroitement en se heurtant. Un gros homme aux oreilles rouges, les yeux injectés de sang, mâchait encore du pain, il souriait niaisement au comble du bonheur, mais à côté de lui, les yeux remplis de larmes, son visage livide comme celui d'un spectre, une femme priait.

Et ceux qui n'avaient jamais prié de leur vie essayaient de le faire au sein d'une mascarade étouffante. Les tendons des visages saillaient, la peau était flasque, les respirations bruyantes. Repoussée d'année en année, la mort prochaine invitait les vieillards à la contrition. Et c'était comme leur propre dérision, leur propre oubli qui se transformait en mélodie funèbre sur leurs lèvres tremblantes. Dans l'enchevêtrement burlesque des mots, les phrases se mêlaient entre elles, suppliantes, absurdes. Mais cette prière les faisait encore jouir entre eux dans une sorte de communion charnelle pareille à une ivresse devant la mort. Et ce qui avait appartenu à l'enfance si lointaine remontait doucement à leurs lèvres. C'étaient des mots d'amour qui les maintenaient en vie. Des mots d'amour frémissant de bonheur. C'est donc ainsi qu'on peut aussi finir sa vie ? Louise dominait les têtes courbées. La toute-puissance de son tableau l'épouvantait. Elle en était persuadée, c'était la peinture devant elle qui inspirait ces folies. Dominant les prières, il y avait par moments des éternuements, des râles, des crachats. Une voix grinçante de chouette s'éleva avec une force terrible, il y avait en elle l'angoisse de l'animal qui hurle dans la nuit :

— Je crois en Dieu tout-puissant qui a fait la terre et le ciel.

« Bande de salauds, pensa Louise, abominables gens ! » Oh, ils n'étaient pas beaux à voir. Louise les aurait battus, elle avait envie de crier elle aussi.

« Bouffons ! Tas d'ivrognes ! Pouffiasses ! Taisez-vous, vous êtes des bêtes ! C'est Satan que vous priez, idiots ! Ce tableau représente Satan ! » Sa gorge était nouée. Jamais elle n'avait été à ce point indignée. Le tableau se moquait d'eux comme il s'était toujours moqué d'elle.

Attirées par ce tapage, la cuisinière et les deux femmes de chambre étaient arrivées dans la pièce, elles regardaient la scène, bouche bée, les sourcils froncés. La plus jeune éclata d'un rire gai.

— Ils sont devenus cinglés... dit-elle.

Louise écoutait.

— ... agneau de Dieu qui efface les péchés des hommes... Kyrie eleison... et cum spiritu tuo...

L'atmosphère d'effusion fut brisée par les éclats d'un rire strident. C'était un vieillard au nez en bec d'aigle, le sang affluait à son visage.

— Ah ! Ah ! regardez-moi ces jean-foutre... on dirait des gosses à la messe.

— Monsieur Bernabeu, taisez-vous ! cria Louise. Allons, cessez cette comédie. Debout tous ! Debout !

Ils se relevèrent les uns après les autres. Une inquiétude puérile se lisait sur leurs traits maintenant. Louise, le visage sombre, s'empara du tableau et quitta la pièce sans prononcer un mot. « Pension de famille en Enfer, pensait-elle, et c'est moi qui la dirige. »

XI

Maintenant elle était dans sa chambre, vautrée sur son lit, secouée de larmes en pensant à la confession publique qu'elle venait d'entendre. Quelle scène ignoble! Sa vie aussi était ignoble. Elle voulait rester seule, ne plus rien entendre de la pension. Mais elle appartenait encore à ces voix chargées d'angoisse ne visant, toutes, qu'à une jouissance immédiate où la foi était absente. Était-il possible, demain, de croiser dans un couloir de la maison l'affreuse Madame Darmois? Après tout ce tumulte, le calme dans la chambre était surprenant. Elle avalait avec peine, sa gorge lui faisait mal. Elle respirait encore l'odeur de l'urine qui accompagnait les ébats des pensionnaires. Comment aurait-elle pu prévoir ce qui venait de se passer? Elle pensa : « Mon Dieu, prenez ma vie avant que j'atteigne leur âge. »

Elle se regarda dans un miroir et se fit peur, sa pâleur était presque semblable à celle des pensionnaires, ses yeux étaient affreusement cernés. Sa destinée la poussait vers la fin. Quelle fin ? Pourquoi avait-elle organisé cette mascarade ? Car c'était elle, elle seule qui était responsable. Le tableau avait répondu à son appel avec une détermination incroyable. Il avait poussé ces malheureux à la pire dévotion, l'étalage obscène de leur vie passée. Non, c'était impossible. *Elle se faisait des idées...* « Je dois être malade... encore folle. » Un tableau est un objet inanimé, pas autre chose. Elle en était parfaitement consciente, qu'est-ce donc dans ce cas qui l'effrayait ? Il agissait sur elle. Et même à distance... Pensée démente. Elle se dit que ce Christ était un personnage de son rêve, né de sa fièvre. Et d'abord ce n'était pas le Christ mais Satan, à vrai dire ce sont là des noms, presque des mots dont il fallait se préserver. Ses impressions changeantes n'étaient que des illusions obéissant à des visions. Et les visions l'emportaient vers un monde de fièvre.

« Mais je ne suis pas seule à voir quelque chose dans cette peinture, les autres aussi voient... »

Oh ! Changer de vie... aller vivre à Paris dans une chambre de bonne, ne plus voir de vieilles gens ! Ils sont comme les bornes d'un pays perdu, pays rempli de choses effacées... étoffes fanées, perles, fleurs en papier... Si seulement elle avait été mariée les morts ne la frôleraient pas, ils auraient peur du mari obstiné à jouir de son corps la nuit, les morts porteraient eux-mêmes leur deuil. Et l'affreux spectacle des pensionnaires passait encore devant ses yeux. Pourquoi priaient-ils si fort ? Ce qui est divin est toujours silence. En vérité, ils jouissaient encore au seuil du tombeau. Fiévreux, tremblant sur leurs jambes, ils n'étaient au fond d'eux-mêmes qu'accouplement obscène. Et c'était une chose terrible pour Louise de sentir qu'elle était comme eux, elle avait sa place dans leurs ombres, elle aussi était concupiscente, rêvant perpétuellement de s'accoupler, de se marier. La jouissance dans l'amour était souvent le fait de ceux qui n'avaient aucun amour au cœur. Elle n'aimait personne. Il n'y avait personne à aimer. Sa vie était chimère.

Irritée de guetter l'arrivée de l'antiquaire elle se leva de son lit pour observer le jardin. Dans un suintement d'argent les grands arbres semblaient écouter une voix, les branches étaient agitées par un imperceptible vent. La gaieté de l'air printanier chantait douloureusement dans sa poitrine. Tout ce que ses yeux d'enfant avaient aperçu autrefois vivait à la même place, la houle des vents jaillissait de l'arbre et de ses souvenirs.

« Je passe mon temps à rêver, se dit-elle. Mais ce qui est plus grave, c'est que j'arrive à faire vivre les personnages de mon rêve. Quand ils agiront contre moi on me mettra dans un asile. »

À son âge elle était une pestiférée de l'amour, elle aimait dire cela, elle aimait dramatiser sa vie, mais il lui fallait coûte que coûte échapper à l'atmosphère irrespirable de la pension de famille. Elle pensa :

« Sois sage. Garde ce tableau, remets-le à la place qu'il occupait au grenier et n'en parle plus à personne. Un jour tu mourras, d'autres le découvriront. N'y touche plus. »

Mais qui veut se ménager?

Qui veut s'empêcher de porter des fardeaux dont la seule idée effraie pourtant...?

L'antiquaire était très en retard. On habitait un pays de retardataires. Chacun espérait que l'autre serait encore plus en retard que lui. Mais pourquoi le peintre n'avait-il pas signé son travail? Pourquoi n'avait-il pas simplement représenté des fruits, des fleurs, des poissons à la place d'une figure humaine? Les visages donnent à penser, et penser fatigue. Pour Louise la peinture devait se contenter d'exister, au diable les penseurs qui barbouillent!

Fuis ta mémoire morbide, Louise! Il y a en elle une eau morte qu'il faut vider de tes deux mains. C'est l'absence de Dieu qui nous déséquilibre dès la naissance.

« Oh mon Dieu, est-il possible que vous n'existiez pas? pensait Louise. Il n'y a qu'une route sur la terre, c'est elle qui conduit vers vous... quarante ans et un mois... j'ai monté des montagnes et je les ai redescendues, pas un homme ne m'a demandée en mariage. Il faudrait que j'aille en chercher un en enfer mais je n'aime pas la honte et les larmes. Je n'aime pas la punition. J'aime seulement aimer. »

XII

Dans le commerce d'un bon antiquaire on trouve à la fois du sirop et du poison, avec le temps c'est la douceur ou son contraire qui l'emporte. Il faut vendre, toujours vendre. Pouilleries giboyeuses, sarbacanes, oripeaux et saloperies en tous genres, des merveilles parfois surgissent et brillent d'une lumière dorée sous le ciel gris. Mille morts se cachent avec la seule nostalgie de la beauté. Qui le premier la verra?

L'antiquaire avait l'air d'un vieux chien rêveur qui a trouvé le ciel dans sa niche. Quand il était en affaires, l'homme poussait à un moment ou autre une sorte de jappement rauque plein de menaces. Le client se disait alors qu'il avait à côté de lui un chien de garde, il était rassuré. Au contraire il fallait se méfier. Monsieur Belosi parlait peu. Le sourire était pour lui une incongruité. Voleur paresseux, il était à moitié honnête. Il n'avait jamais lu Malraux, mais de véritables œuvres d'art étaient passées entre ses mains frustes. Vivant dévotieusement ses secrets il ne posait jamais de question aux clients, c'était là le charme discret de son esprit vaporeux.

Non seulement Monsieur Belosi témoignait d'un goût très grand pour les objets orientaux, mais il avait épousé une femme arabe. (Cela, il faut pouvoir le faire.) Éros auvergnat en proie à l'orientalisme, comme Delacroix peignant sur nature les femmes d'Alger. Son crâne chauve était si brillant qu'il semblait avoir été ciré à la cire d'abeille et frotté avec un chiffon de laine. Il vivait à la manière des chats du quartier, traînant une patte malade mais, en affaires, il retombait toujours sur ses pieds. Louise lui avait déjà vendu bien des choses, il emportait tout sans piper mot, avec un air de mélancolie possessive et glacée.

— Ah, s'écria-t-elle à la vue de l'homme, je vous attends depuis une heure !

L'autre s'inclina sans répondre. Trop s'excuser fait suer la politesse.

Canaille maigre, vieux gamin au visage gris, il avait l'espoir (comme bien des gens à Clermont) de visiter un jour le grenier de Louise. Elle le reçut dans sa chambre dont elle ferma soigneusement la porte. Le marchand jeta un regard terne sur les objets qui reposaient dans un coin. La cruche en argent ancien l'intéressa un peu, le plat d'étain, la pendule eurent peu de succès, puis ce fut le tour du brûle-parfum oriental. Pensa-t-il à sa femme arabe ? Il prit l'objet en main comme pour y reconnaître la trace d'un sourire, puis il le reposa avec beaucoup d'égards.

Toujours le silence. L'homme avait fait de son silence une fenêtre fermée sur une cour de prison.

Louise éprouvait une sorte d'angoisse, le tour du tableau allait venir. Eh bien, c'est à peine si Monsieur Belosi le regarda. Il faut dire qu'il se produisit à cet instant un curieux phénomène d'illusion fantastique. Comme la bête marine qui jette du noir à l'approche d'un danger, le Christ sembla s'obscurcir par simple réflexe de défense. Certes, la terne lumière de la pièce joua son rôle, mais la toile s'enténébra bel et bien, Louise le remarqua.

— Bien sûr, dit-elle, tout ça n'est pas en très bon état, mais c'est authentique.

— Combien voulez-vous du tout ? demanda Monsieur Belosi.

— Que me proposez-vous ?

Qui roulera l'autre ? C'est toujours la même chose. Le vol n'est pas forcément tragique, il est même une des surprises comiques dans la vie.

— Tout n'est pas de valeur égale, dit sobrement Monsieur Belosi.

— Rien n'est de valeur égale sur la terre ! répliqua Louise. La tête du Christ n'a pas l'air de vous intéresser.

— Difficile à vendre... c'est un sujet religieux... j'irai jusqu'à quatre mille francs, mais pas plus.

Son visage prit une expression de délicate rêverie comme si le métier ne l'intéressait plus.

Une sorte de bonheur envahit Louise, le tableau allait enfin quitter la maison. (Pouvait-elle deviner qu'elle allait commencer à en souffrir ?)

Quand il compta ses billets, le visage de Monsieur Belosi prit l'expression rêveuse d'un prêtre à l'autel. Il faisait partie de ces êtres qui inventent des rites quand ils manient de l'argent. Il savait qu'il venait de conclure une bonne affaire.

Personne ne le croira, les créatures sont déroutantes, Louise éprouva un grand vide, elle hésita à rappeler le marchand pour récupérer son tableau. Ce n'était pas la honte qui l'en empêcha mais la peur. Cette peinture lui venait de son grand-père, en la vendant elle se détachait à jamais de lui. Comme d'habitude, elle se mit à pleurer.

Elle aimait ce qu'elle n'avait pas, si elle obtenait un avantage elle le considérait avec ennui, exilée sur une planète sauvage elle aurait aimé y voir des reptiles et des bagnards et non des roses. Elle s'appropriait toute souffrance. Déchue elle se sentait anoblie elle-même. Ainsi sa passion d'un mari, or ce qui était masculin lui répugnait ou la terrorisait. Extravagante vierge dans la force de l'âge qui aurait fait les délices d'un bandit authentique. Exister pour détruire ce qui avait été choisi avec soin l'exaltait.

Son corps reposait sur le couvre-lit de dentelle qu'avait brodé l'une de ses grands-mères. Partout des trous, quelques-uns grands comme la main, mais la blancheur de l'ensemble brillait comme des fils de la Vierge mis bout à bout.

Pendant quelques jours elle raccommodait patiemment le couvre-lit. Travaillant ainsi elle pensait qu'elle mettait de l'ordre dans sa vie. Mais un matin elle abandonnait l'ouvrage, les trous étaient trop grands. Jamais sa vie ne serait paisible. Jamais elle n'y mettrait de l'ordre. Elle continuait à pleurer. L'ardeur de ses sens exaltée par les larmes s'éveillait au bout d'un moment. Alors le désir était plus terrible que ce qui l'avait fait souffrir. Mais qui aimer dans cette ville ? Qui aimer sur la terre ? Elle ne pensait plus au tableau. Allait-elle mourir seule dans cette chambre ? Elle était jeune encore. Pour une belle femme, comme c'est dur de mendier l'amour avec une sébille noire ! Dans une prison le criminel peut retrouver une dignité et même une morale, mais une femme qui souffre de manquer de caresses s'enfonce seule dans la honte. Il lui est impossible d'en parler. Aucune confidence de ce genre n'est tolérée dans les familles.

Un cygne blanc se noyait dans son lit, mais comment le secourir, puisque ce cygne, c'était elle ?

Toujours allongée à la même place, ses paupières fermées, elle revoyait encore une fois la marée des hommes monter vers elle. Les canailles étaient rusées, sournoises, mais la nature avait été généreuse avec elles. Ils avaient de grandes mains, de grands pieds, de grandes oreilles. Rejetée par eux, elle était condamnée à mourir comme un poisson hors de l'eau. Autrefois elle n'aimait que Dieu, maintenant elle voulait s'occuper d'un homme, coudre son linge, lui acheter ses cigarettes. Être prise au cours de la nuit comme on peut l'être dans la glu. De vieilles larmes durcissaient ses paupières, il en coulait de nouvelles qui, loin de rafraîchir ses yeux, devenaient dures comme du verre, menaçant d'entamer ses joues. On pleure dans la lumière tout près d'une fenêtre et c'est comme si on partageait son pain avec les morts dans la terre.

Tant de honte, Seigneur! Faut-il être une bête sur la terre pour recevoir des caresses en ignorant la honte? Oui, mieux vaut être une bête. Et les putains ne sont pas à plaindre, elles placent leur argent à la B.N.R., comme les femmes honnêtes, elles se déplacent en auto, puis un jour béni elles ne gigotent plus dans un lit. Et les vieilles avec leurs yeux secs, inoubliablement noirs, leur terrible amertume, savent bien que lorsque l'homme fait l'amour c'est comme s'il se savonnait le menton avec un blaireau. Ne racontez pas d'histoire sublime au sein d'un naufrage monotone. Une vierge qui souffre est incapable de demander au diable de lui venir en aide, mais c'est le même sentiment qui l'empêche de mendier du secours à son curé. Vivre en enfer la nuit et recevoir la pluie froide sur le dos dans la journée, c'était son lot. Être une femme noble et entendre brusquement dans la rue un voyou dire des paroles immondes de désir, se taire, s'enfuir mais ensuite ne plus dormir de la nuit. Vivre par devoir, par courroux, par révolte, c'est la même vie qui conduit aux Enfers.

Tous, comme ils s'étaient éloignés d'elle avec une prudente politesse! Les hommes ont une peur terrible des folles, ils ne veulent pas les toucher. Même guéries, devenues serviables et gaies. Tout de suite ils avaient remarqué la bizarrerie de Louise, et la belle femme devant eux perdait son pouvoir fabuleux.

L'espérance d'amour fuyait comme des oiseaux qui s'envolent tout d'un coup à votre nez.

Elle s'endormit et rêva que Berthe la menaçait, son grand-père aussi était mécontent. Un pied nu essayait de prendre appui sur son cœur. Elle le repoussa de toutes ses forces. Elle entendit des coups non loin. Peut-être enfonçait-on des clous sur un cercueil. Elle s'éveilla brusquement, on frappait à la porte depuis un moment. Elle cria : « Oui! Oui! » et se leva.

XIII

Elle faillit crier tant elle était effrayée. Quelle peur, grand Dieu ! C'était Madame Darmois. Oh, pas elle, surtout pas elle ! Mais c'était trop tard, la porte était ouverte, la femme s'avança sans un mot, sûre de ses droits, avec une lenteur pesante. Une sorte de satisfaction butée gonflait ses traits. Ses petits yeux noirs avaient le don de voir ce qui était destiné à être caché. C'était une voyante dans une loge de concierge. Elle avait une influence inquiétante sur les autres pensionnaires. Louise l'évitait. Elle avait de gros bras blancs avides d'activités d'homme à tout faire.

Elle regarda Louise sans parler, puis elle se décida brusquement, exagérément humble.

— Mademoiselle, je suis venue pour m'excuser.

— Et de quoi ?

— D'abord une chose, nous nous sommes tous cotisés pour acheter la peinture du Sauveur, puisque vous voulez la vendre. Nous vous proposons sept mille francs, toutes nos économies... tout le monde a donné, moi j'ai mis trois mille francs, Madame Béranger...

Louise la coupa :

— C'est trop tard, Madame, la peinture est vendue.

— Non ! (Quel cri !)

— Si. Mais pourquoi ne m'avez-vous pas proposé cet achat il y a une heure ?

— Il fallait bien nous mettre d'accord... Le Sauveur nous a parlé à chacun, s'il vous avait parlé vous ne l'auriez pas vendu.

Elle regardait Louise avec haine maintenant.

— Eh bien, c'est parce qu'il ne m'a pas parlé que je l'ai vendu. Voilà tout.

Bonne réponse.

— Soyez gentille, Mademoiselle, faites quelque chose... — elle baissa les yeux — ne nous désespérez pas.

— Mais que voulez-vous que je fasse ? C'est trop tard.

— Ne vous moquez pas de nous.

— En voilà assez, dit Louise, je suis malade, j'étais couchée quand vous avez frappé à la porte.

— C'est parce que vous avez vendu le Sauveur... Il faut absolument le retrouver... — Elle sembla perdre la tête — ... n'est-ce pas déjà un enfer de vivre ici ? Mon Dieu, que vont dire nos amis en apprenant que vous avez vendu le tableau ? Il faut le retrouver, Mademoiselle, c'est notre intérêt à tous !... Combien l'avez-vous vendu ?

Louise mentit effrontément :

— Dix mille francs.

— Eh bien, nous vous les donnerons, ne nous faites pas de mal... — elle s'arrêta et ajouta craintivement : — nous sommes vieux déjà.

Louise fut indignée.

— Mais comment le retrouver ? Je l'ai vendu à un chineur de passage que je ne connais pas ! — elle eut soudain une idée, sa voix changea — attendez ! Il y a une boutique derrière la cathédrale où l'on vend des reproductions de peintures religieuses célèbres, plus belles que mon tableau. Vous me permettrez de vous en offrir une...

Madame Darmois se fâcha tout net.

— Ah non ! Nous sommes vieux, mais vous ne devez pas nous tromper avec des reproductions ! — elle étouffa un sanglot. Comme vous êtes méchante... on ne vous avait rien demandé. C'est uniquement pour nous troubler que vous êtes venue. Je l'ai senti tout de suite.

Louise fut stupéfaite, elle garda le silence.

Madame Darmois avait un visage impénétrable, sévère.

— Quand j'ai vu votre tableau, j'ai senti des picotements sur tout le corps. Je veux bien mourir à l'instant si je mens.

— Des picotements ?

Madame Darmois ne bougea pas d'un pouce, son visage avait pris une expression crispée comme sous l'effet de la concentration, et soudain il se passa quelque chose d'affreux, une sorte de folie.

Louise eut envie de crier : « Assez ! Disparaissez ! » Elle sentit à ce moment des picotements d'aiguille sur son cou, ses jambes. Des guêpes l'assaillaient. Oh, c'était intolérable. Elle essaya de s'agripper à quelque chose, mais il n'y avait rien d'autre que cette femme sombre qui continuait à la fixer. Il lui sembla qu'un soleil vidait sa tête de toute pensée, elle brûlait. Frappée de stupeur, elle avait envie de se gratter des deux mains ou de s'enfuir, mais ses pieds pesaient comme du plomb dans ses chaussures. Enfin les picotements diminuèrent et disparurent tout à fait. Ce fut si soudain qu'elle sentit qu'elle recommençait à vivre.

Madame Darmois gardait maintenant ses yeux obstinément baissés. Louise ne sentait et ne comprenait qu'une chose, elle était tombée au pouvoir de cette femme horrible. Sa poitrine se souleva, elle cria, épouvantée :

— Partez ! Allez au diable avec votre tableau ! Je ne veux plus en entendre parler... je n'ai rien à voir avec votre Sauveur, sachez-le...

— Vous me faites peur, dit brutalement l'intruse, mais tant que vous n'aurez pas récupéré le visage du Sauveur vous n'irez pas mieux, je vous préviens. Je m'en vais, n'ayez crainte, je m'en vais...

Elle ouvrit la porte et disparut tout de suite.

Louise se précipita à son tour sur la porte qu'elle ferma à clef. Elle demeura immobile, sa main posée sur la serrure tremblait, et son cœur battait affreusement. En prêtant l'oreille contre la porte, elle entendit des frôlements de pas s'éloigner. Elle était consciente de tout ce qui venait de se passer, mais quelque chose lui échappait. Qu'était-ce donc ? Comme son cœur battait ! Elle s'approcha rapidement de la fenêtre pour retirer son corsage, elle examina ses bras nus, non, pas la moindre rougeur. Elle souleva sa chemise et se pencha sur son ventre qu'elle regarda avidement (un beau ventre blanc et gras pareil à celui de l'Ève de Jan Van Eyck). Aucune, aucune rougeur nulle part. C'était incroyable. Oh, il n'y avait que la mort dans cette maison, la mort et la magie. Sous la férule de Madame Darmois, certains pensionnaires faisaient parfois tourner un guéridon et appelaient les esprits des morts dans la nuit. Vivrait-elle toujours avec ces gens ? Existe-t-il un avenir avec des vieillards ?

Mais Madame Darmois avait dit une chose juste, les pensionnaires n'avaient rien demandé, ils ignoraient l'existence même du tableau. Elle s'efforça d'être calme, sans succès. Encore une fois elle regretta de s'être débarrassée si vite du tableau. Non, il devait quitter la maison, elle ne devait plus en entendre parler ! Mais une pensée inquiétante vint à son esprit, l'horrible femme l'avait menacée, elle avait dit : « *Tant que vous n'aurez pas récupéré le tableau, vous n'irez pas mieux* »... Louise s'en souvenait parfaitement, elle revit devant elle le visage figé et pourtant plein d'une force irrationnelle.

Quelques minutes passèrent, et tout ce qu'elle venait de vivre lui parut irréel, incompréhensible. Comme elle avait été stupide d'interroger ces gens !

Christ aux Enfers... Et si tout cela était duperie, imagination, leurre...

Elle sentit qu'un épisode de sa vie venait de s'achever. Il faut s'aider, il faut agir et se battre, sans cela les gens vous égorgent. Le tableau ne pourrait plus la menacer chez son nouveau propriétaire. Dire que ses parents avaient vécu avec lui toute leur vie sans se douter, à aucun moment, qu'il était chargé de mortelle menace. Pour la première fois elle songea à sa mère avec tendresse, elle se rappela l'avoir vue pleurer quelquefois. Et personne ne l'aimait assez pour désirer connaître la cause de son chagrin. Et maintenant c'était trop tard pour lui demander quoi que ce soit. Elle-même, quand elle pleurait, qui était là pour la consoler ? C'est à ces moments que la vie est la plus vraie : personne ne ment plus. Les femmes ne lavent pas seulement du linge, elles lavent aussi leur douleur comme pour la débarrasser de toute scorie puis, l'ayant purifiée, elles la cachent au plus profond de leur cœur. Elle se révolta : « Des histoires ! Qu'est-ce que cela veut dire ? Quelle scorie ? La vieille souffrance n'a pas besoin de se purifier. La douleur est un trou noir, n'essayons pas de le décorer *pour faire joli.* »

Elle décida de ne plus se rendre à la salle à manger de quelques jours. Les pensionnaires comprendraient qu'elle était fâchée, ils auraient honte de leurs confessions. Cette honte était aussi la sienne, provocatrice... la première elle s'était abîmée dans ce tableau épouvantable, les autres avaient suivi. Ils ne jouaient pas la comédie. Pas plus qu'Éric Thuillier !

Leur extase était déconcertante. Tous comprenaient peut-être, non, il ne s'agit pas de *comprendre*, ils *voyaient* une chose qui demeurait cachée à ses yeux. Elle refusait de la connaître.

XIV

Deux jours passèrent sans histoire. La morne réalité révélait une à une les figures du devoir. Qu'elles semblaient dures de bon matin ! Pourtant, Louise n'était pas assez occupée dans la journée. Sa vie bâillait tout près du vide. (Position dangereuse.) Une employée des Postes n'aurait pas eu le temps de vivre comme elle, toujours disponible pour ses visions. Louise avait en tête une curieuse certitude : celui qui prendrait son cœur la frapperait ensuite au visage. Comme si celui qui donne du plaisir apporte forcément des larmes. Âme sombre du désir qui souffre. En vérité elle n'avait pas confiance dans les hommes. Elle se disait rageusement : « Un pantin avec un sexe c'est un mari, puisqu'il est pantin qu'il garde son sexe. » Sottises et vulgarité pénibles. Le plus souvent, son mépris retombait sur elle. Il était tard, elle décida de faire une promenade en ville.

Il n'y avait pas un souffle d'air. Irriguée de silence,

la nuit progressait rapidement. Des pans entiers de maisons se remplissaient d'ombres fraîches. Ce qu'on voyait derrière la place Delille ressemblait par endroits aux vestiges d'une vieille civilisation. Que dire pour être précis ? Une seule chose, les morts étaient enterrés, ils ne reviendraient plus. Ce qui avait été réel dans la journée s'évanouissait maintenant comme une musique diaphane. Les cicatrices du jour blanchissaient par endroits comme des lèvres d'où le sang s'est retiré. Mais la nuit ne serait pas étrangère à celui qui avait souffert dans la journée, elle ne pèserait pas sur son corps. Il convenait de ne penser à rien, de se sentir vivre sans être attaché à l'existence par une corde. Surtout ne rien demander à Dieu, lui ficher la paix, divine inspiration ! Les prêtres qui comprennent cela sont les meilleurs des prêtres.

Louise s'éloigna de la rue de l'Oratoire d'un pas ferme, tout de suite commençait un vieux quartier exhalant des odeurs douceâtres de fruits et de légumes. L'excès de maturité sur la terre active la pourriture. La nuit sortait de chaque trou comme une espèce de bonheur. Les volets des maisons vétustes étaient fermés, devant eux on pensait à des malades parvenus à leur dernière extrémité. Sur les murs, hâtivement tracées au pinceau, s'étalaient des inscriptions rageuses mais bon enfant. On pouvait lire :

« Révoltez-vous, bordel ! »

« Pas de bourgeois dans le quartier ! »

Se révolter ? Ce serait pire après. Louise s'interrogea, était-elle une bourgeoise ? Comment le savoir ? Pas de voiture. Partout devant soi la beauté des blancs et des gris était délicate, à quoi bon imiter ces effets naturels en peignant des tableaux abstraits fabriqués scolairement dans un atelier ? Ici c'étaient les saisons, la misère, l'usure qui les avaient fait surgir à la lumière. Et s'ils étaient fascinants c'est qu'ils étaient anonymes, sans valeur marchande. Des épiceries arabes toutes proches suintaient goutte à goutte dans l'obscurité la nostalgie de l'Afrique, même les plus pauvres des boutiques exhalaient une ardeur érotique qui triomphait de l'amertume du quartier. « Qu'avais-je besoin de leur montrer ce tableau ? » pensait-elle. (Redite.)

Elle avait placé dans une grosse enveloppe l'argent que lui avait remis Monsieur Belosi. De ce pas elle allait la jeter dans la boîte aux lettres de Berthe. Elle se dit : « Qu'aucune trace de cette histoire ne revienne jamais. » Qu'est-ce que le couple devait dire sur elle ? Le pauvre Éric n'avait pas la vie facile. Elle se rappela les belles choses qu'il avait dites en regardant le tableau. Encore un homme qui parlait bien, mais sa pensée était une gourmette d'argent. Il était beau mais pas plus qu'un chat et le chat est silencieux dans une maison. Il ne parle jamais d'argent. Et puis le chat, on pouvait le faire opérer. (Sa mère disait raccourcir ce qui était vil.) Penser à ces choses était stupide.

Elle s'assit sur un banc de la place Delille. L'odeur des fleurs d'un marchand en plein vent la plongea dans un engourdissement obscur. La circulation diminuait autour de la place. Des silhouettes se déplaçaient rapidement, légères comme un duvet d'oiseau dans la nuit. Et dès qu'elle était assise, pouvant enfin jouir d'un moment de paix, c'était la rengaine qui revenait : *la peau.* La peau brûlante sous la robe, la poitrine pleine de brûlants soupirs, les jambes naturellement entrouvertes. Beaucoup de femmes souffrent ainsi quand la nuit tombe ? Le tourment l'emporte sur la pitié. Comme elle avait besoin d'un homme pour se pendre à son bras en marchant dans les rues au hasard ! Ce qu'une femme éprouve avec son corps, elle en fait une pensée. Un époux ! Un enfant... ils seraient tous les deux les événements de son âme sur la terre.

Les gens passaient sans la regarder. Oh, ne plus vivre seule, comme est seul le député accablé de lettres et de suppliques émanant d'inconnus ! Acheter pour l'homme du tabac. (Qu'il fume, qu'il fume, mais qu'il la prenne dans ses bras.) Il la protégerait des rôdeurs et des familiers. Une femme seule est un coquillage où le bruit de la mer s'est éteint. Quarante ans déjà, et après ? Les agences matrimoniales sont les travaux forcés du mariage. L'homme trempait un doigt dans l'eau promettant l'amour et s'éloignait, méfiant. Orgueilleux, il voulait lui-même trouver sa femme quitte à divorcer après. Et la même obsession poursuivait son rêve : quitter Clermont pour aller vivre à Paris. Chaque jour elle visiterait un musée, elle travaillerait dans une galerie. Hélas, elle était trop vieille. Trop vieille? Non ce n'était pas cela, elle vivait seule. À la longue elle se sentait mourir.

Change de disque, Louise! La nuit sera longue et pleine de dangers. Tu es tellement nerveuse que tu fais fuir les oiseaux quand tu arrives dans un square. Fiche la paix aux hommes! Tu t'y prends mal avec eux. Ces amateurs de poules sont d'une crapuleuse infamie. Une femme qui pleure toujours fait une soupe qu'ils ne peuvent pas avaler. Un homme t'aimera pour pouvoir tirer de toi la preuve de sa puissance amoureuse.

Aère ton esprit en achetant une plante verte, soigne-la, tu orneras ta vie. Pour la Toussaint promène-toi toute nue sous un bon manteau en apportant des fleurs au cimetière. Si tu attrapes la crève, tu changeras de pensées. Ne mets pas en musique le silence de la neige. Tais-toi. Et si la neige tombe, écoute en toi la musique, pas sur une cassette.

Dis-toi bien que dans l'administration, en tous lieux, partout dans le monde il y a des ribambelles d'hommes qui vivent grassement du travail des femmes. Ils les font suer. Voir crever une femme les met à l'aise. Ils se vengent de ne pas pouvoir les baiser. Grâce aux femmes mortes à l'ouvrage ils règnent sur des empires. Les malheureuses brodent pour leur bourreau ses initiales sur des mouchoirs. Elles s'imaginent qu'être possédées dans un bagne met en valeur leur personne. Méfie-toi, Louise, pour t'exploiter tu trouveras toujours un homme bien intentionné ! Fais de la peinture comme des tas de bonnes femmes, leur art les plonge dans une eau parfumée qui leur apporte une solitude miséricordieuse. C'est la loi, quand on est une femme on n'en finit pas d'attendre le bonheur. C'est un acte héroïque. Il n'y a que les femmes pour le faire avec dignité, discrètement.

Louise est toujours assise sur son banc. Toujours des lumières devant elle, et certaines dans ses yeux sont comme une fraîche poussière dorée. D'autres lumières derrière des volets fermés sont peut-être des symboles d'amour. (Regarde mieux ces lumières, Louise.) Au premier étage un amour naïf et fidèle, au deuxième l'amour est épuisé comme la terre d'un vieux pot de fleurs mais la lueur, insomniaque et forte, éclaire les volets. Au troisième étage une lumière rouge et or fait un peu peur. Elle éclaire quoi ? Une chevelure blanche ou noire ? Une fraîcheur obscure luit derrière les volets. Toutes ces lumières sont encore des désirs, limpides ou taciturnes. Jaune cadmium dans un cristal noir. Des gens vieillis avec un chat dans la gorge se taisent. Fruits, fleurs, oiseaux, c'est vrai que les vieux regardent souvent ailleurs, mais la lumière dans la maison est toujours comme la course du sang dans un corps.

Sur son banc Louise leva les yeux au ciel comme pour découvrir la raison de toutes les choses, mais le ciel était noir comme la raison même de la terre dans l'espace. Une sorte de brume commençait à s'étendre sur la ville, au milieu de la place une vaste fontaine faisait entendre un léger bruissement. L'arbre de vie trempait ses racines dans l'eau. Comme le bruit de l'eau invisible qui coule dans la nuit est un modèle de patience et d'oubli, comme il efface tous les autres bruits ! C'est alors qu'elle le vit, derrière la fontaine, la guettant. Peut-être était-il là depuis longtemps, essayant de ruiner sa vie. Tout se taisait parce que tout était indigne d'exister. Un homme, non loin, riait avec une expression abjecte en la dévisageant.

Elle le reconnut. À Dieppe dans le couloir sombre de l'hôtel, plus de vingt ans en arrière... Même dans son tombeau il la poursuivrait. Homme sorti d'un puits au cœur des choses immobiles. Il n'y avait personne pour porter secours à Louise. Le souffle coupé tant elle était oppressée, elle se leva toute droite, tout de suite elle se mit à courir en direction de la rue du Port. Les lumières des magasins l'enveloppèrent aussitôt d'une caresse familière. Avait-elle crié ? Personne ne l'avait entendue. En approchant de la rue de l'Oratoire, il lui sembla que son cœur sautait dans sa gorge tant il battait fort.

« Espèce de folle, se dit-elle, c'est chaque fois la même chose, ce que tu vois est dans ta tête. Tu avais juré de ne plus sortir la nuit. Va voir un docteur demain. »

Oh, comme elle aimait la nuit s'enfoncer dans le domaine souterrain ! Elle aimait se perdre et se laisser pousser par son destin. Elle n'avait fait que vivre comme une femme au foyer, mais il n'y avait pas un homme pour la garder. Son foyer était un campement en plein vent. Maintenant au bout de ses forces, elle fuyait. Les odeurs de légumes pourris l'apaisèrent, elle était tout près maintenant de la pension de famille. Bien plus loin, dans l'obscurité, on pouvait sentir l'odeur de la nuit comme celle d'une femme nue. Dans un miroir de plomb la vitrine d'un magasin luisait sombrement. Enfin elle poussa la porte de sa maison.

Au premier étage les pensionnaires priaient tous ensemble devant la reproduction d'un Christ peint par le Greco. Elle reconnut la voix de Madame Darmois. Une femme se confessait à voix haute. Elle s'accrochait à ses souvenirs avec l'angoisse d'oublier une infamie plus précieuse à ce moment pour elle qu'une vertu. C'est la vue du tableau qui avait déchaîné ces gens. L'horreur de leur vie passée était devenue un passe-temps au milieu d'un enfer saturé de perversités. Les malheureux!

Quel pardon espérer en remuant toute cette boue?

Y avait-il entre elle et ces misérables un lien, un avenir?

Oui, il y avait eu le tableau.

Elle se jeta sur son lit et s'endormit tout habillée.

XV

Le téléphone sonna de bonne heure le lendemain, jamais personne n'appelait à cette heure. Louise était en train de s'entretenir avec la cuisinière des sempiternels menus de la journée. (Les pensionnaires priaient beaucoup mais ils mangeaient davantage.)

Éric voulait la voir d'urgence. « Ça urgeait », disait-il, son ton était cérémonieux, presque théâtral, une question importante le tourmentait. Laquelle, grand Dieu ? Il ne pouvait pas en parler à l'appareil. « Il faut que je vous voie, tout de suite. »

Elle se sentit murée dans cet *il faut.*

— Qu'y a-t-il ? Dites-le-moi.

— Non, j'en aurai pour une minute.

Elle demeura immobile, comme tombée en contemplation contre l'appareil.

« Il va certainement me parler de ce maudit tableau, se dit-elle, mais cette fois il n'est plus chez moi. Je n'en sais pas plus que lui et je vais l'envoyer promener. »

Elle était heureuse de revoir le garçon pour commencer la journée.

La lumière du matin blessait ses yeux, le gauche battait par moments. C'était mauvais signe. Elle n'avait aucun plan, aucune idée en tête. Tout reposait autour d'elle dans une tranquillité étrange. La fausse paix. Comment allait-elle s'habiller pour le recevoir ? Sa robe bleu marine (bleu d'outre-tombe) la rajeunissait. Elle se passa rapidement une crème sur le visage. Pourquoi voulait-il la voir ? De son côté, voulait-elle lui plaire ? (Il n'avait pas honte de se faire entretenir par une femme !) S'il travaillait seulement... Il n'allait pas recommencer sa comédie comme l'autre soir à propos de la toile... S'il revenait sur ce sujet, elle l'arrêterait aux premiers mots : « N'allez pas plus loin. Pour moi c'est terminé. »

Pour se rassurer elle pensa que le garçon venait la remercier de l'enveloppe qu'elle avait glissée la veille dans sa boîte aux lettres. Non, impossible, la lettre était adressée à Berthe.

Il se présenta peu après, le front assombri d'un souci. Dieu, qu'il était pâle ! Et pourtant, ses traits restaient étonnamment vifs, séduisants. Elle ne pouvait pas se moquer de lui, il souffrait, c'était visible.

— Vous êtes fatigué ?

— Crevé.

— Je vais vous servir un café.

— Non, rien du tout.

En arrivant il l'avait saluée avec une politesse agaçante. Des manières ondoyantes d'homme déçu. Il ruminait quelque chose.

(Comment un homme entretenu par une femme peut-il avoir bonne mine ?) Sur-le-champ il voulut savoir le nom et l'adresse du marchand qui avait acheté le Christ. Tout pouvait encore être *rattrapé.* (Rattrapé pour qui ?) Le tableau n'avait certainement pas quitté Clermont, il en était certain.

Louise était affreusement déçue, mais heureuse de le revoir. Beau, très beau garçon. Elle aimait ses yeux et ses mains si grandes. Il était à plaindre, et pourtant il émanait de lui un éclat sensuel un peu vulgaire (pareil à celui des marlous). Mais comment en finir avec cette histoire ? Tout avait été dit sur ce sujet.

— Avez-vous remarqué, s'écria le visiteur, que je ne vous ai même pas demandé la somme que ce type vous a donnée pour la toile ? De toute façon vous vous êtes fait voler dans les grandes largeurs... Je ne veux pas parler d'argent... cela ne me regarde pas... le problème n'est pas là. Écoutez Louise (voilà, il l'appelait par son petit nom, pour la première fois, comme pour trouver le repos au milieu des soucis), je vous ai apporté ce gros livre sur la peinture italienne, il vous aidera à y voir plus clair. Il n'est pas à moi, j'ai dû le sortir d'une bibliothèque. On me l'a prêté pour trois jours. J'ai dû signer un papier...

— Mais je n'ai pas besoin d'un livre.

— Si ! Il faut que vous regardiez les reproductions. C'est très important !

Encore *il faut* ! Quelle vitalité de bon matin... Il

était sûr que tous ceux qui ouvriraient ce livre penseraient comme lui en partageant ses goûts, il se mit à tourner fiévreusement les pages au risque de les déchirer.

— De toute façon c'est trop tard si vous voulez faire mon éducation, dit-elle.

Il ne répondit pas mais il en avait gros sur le cœur. L'inculture de cette femme était un scandale. Une mule (et pire encore). Cette robe à pois était ridicule, elle serrait affreusement à la taille. Mais comment s'indigner ?

Brusquement il annonça d'une voix âpre, avec un léger arrêt devant chaque reproduction placée sous le nez de Louise :

— Duccio, Giotto ! Le nom que je cherche est moins loin... Masolino ! Angelico impossible bien sûr, Gozzoli ! Botticelli... non plus, Masaccio non plus... Votre peintre est plus moderne.

Avait-elle un peintre ? Cette agitation l'étonnait de bon matin.

Les pages tournaient si vite que Louise avait à peine le temps d'apercevoir la reproduction d'un tableau. Cela pouvait aussi bien être l'œuvre d'un Chinois ou d'un Flamand. Pourquoi un Italien ? Cette passion frémissante qui se donnait libre cours était étonnante, elle y prenait du plaisir et regardait sans les voir ces visages et ces corps dorés. Des hommes bien nourris, heureux...

— Lippi, non ! Ghirlandajo non plus, Uccello certainement pas ! Piero della Francesca, alors là j'ai hésité un moment, regardez l'immobilité de la plastique, les volumes sont très simplifiés comme dans votre tableau... climat mystique également... mais trop calme, trop exprimé dans le dessin... les pages de recommencer à valser et cette façon de prononcer les noms italiens avec l'accent, elle n'avait jamais entendu parler de ces peintres. Le livre malmené faillit dégringoler de la table sur laquelle il reposait, la leçon se poursuivit... Masolino,... Michel-Ange, tout mais pas lui bien sûr! Piero di Cosimo, c'est peint comme un surréaliste, voyez les touches sont sèches et précises, ce n'est pas lui... Pollaiolo, Rosselli, Signorelli, nous n'y sommes pas du tout...

— Pas si vite... j'ai la tête qui tourne, dit Louise.

— Bon. Je vais attaquer les Vénitiens maintenant... Bassano, Bellini superbe mais ornemental, j'ai eu un coup au cœur devant la reproduction de Bassano mais il faudrait voir de plus près... Carpaccio... les plans sont contrastés au contraire de votre tableau, Guardi, non bien sûr, je passe... Antonello de Messine (Louise eut envie de détendre ses jambes mais elle n'osa pas bouger)... aller voir au Louvre le portrait du Condottiere... Pisanello c'est une rêverie mystique, votre Christ n'en ferait qu'une bouchée.

Pourquoi *son* Christ? Elle n'avait pas de Christ.

— Vous allez trop vite, dit-elle.

— Tiepolo, non! J'ai passé une partie de la nuit sur ce livre mais la clef je finirai pas la trouver, Véronèse, absolument pas! Correggio poudre de riz, Raphaël sucre candi, Melozzo da Forli savon Palmolive... Perugino, il peignait la Vierge en prenant ses modèles dans des bordels... bon sang, je ne vois pas... (des deux mains il ferma brutalement le précieux livre)... les reproductions ne sont pas fameuses, le pape y perdrait son latin, je pense aller passer deux jours au Louvre pour voir de près toute la peinture italienne...

Un vrai camelot! On aurait dit qu'on lui avait volé sa bourse et qu'il cherchait le nom du voleur dans un fichier appartenant à la police. Incroyable et cocasse à la fois. Et cet accent péremptoire! Ses yeux étaient très noirs, Louise tenait les siens baissés, il la fixait avec insistance comme pour saisir son regard. Il se tenait très droit avec quelque chose d'altier. Ce regard d'homme trop pesant, insatisfait, ressemblait désagréablement à une étreinte oculaire, elle se détourna mais elle était troublée. (Allait-elle le garder pour déjeuner?) Il parlait en maître :

— Je vous laisse ce livre pour la nuit. Vous en avez au moins pour deux heures. Trois même. Observez les différences de technique, pas les sentiments. La technique d'abord.

— Oh, non! emportez ce livre, je préfère.

— Il faut (troisième ou quatrième *il faut*) vous familiariser avec les peintres, faites un effort, Louise, soyez gentille, si vous les aviez mieux connus, vous auriez encore le tableau ici.

Louise avait bien envie de répondre : « Ah non, je suis très contente d'en être débarrassée! La peinture ne m'a jamais intéressée, et d'abord je n'y comprends rien. » Mais comment lui dire cela?

Pour Éric, ce tableau était devenu la grande affaire de sa vie. Il ne pouvait pas se tromper, l'œuvre était trop singulière, unique. C'était un nouveau personnage grave, dominateur, parti à la recherche d'un trésor. Il avait des droits sur lui, il y consacrerait toutes ses forces.

« S'y connaît-il tellement ? se demanda Louise, un soupçon traversa son esprit. Il veut retrouver la toile pour la revendre, avec un bénéfice pour lui. C'est tout à fait possible... un bénéfice sur mon dos. »

La cuisinière se montra sur le pas de la porte.

— Mademoiselle...

— Faites comme il vous semble, Mireille, je suis en train de négocier un objet qui vaut des millions !

Elle éclata d'un rire gai. La cuisinière regarda Éric d'un air sévère et disparut.

— Soyez franc, dit Louise en souriant, chacun de nous a ses intérêts, ce qui vous intéresse c'est l'argent, retrouver ma toile pour la revendre. Dites-le, je trouve ça normal après tout.

C'était dit sur un ton plaisant, mais la volonté de se moquer était évidente. L'homme garda son calme.

— Absolument pas. Vous vous trompez. Je suis moins sordide que vous le pensez. D'ailleurs la peinture vous appartient. L'argent, je m'en fous, j'ai vécu jusqu'ici sans en avoir. Berthe vous l'a dit.

Comme elle avait toujours compté ses sous, elle l'admira. Mais il fallait être juste, c'était le tableau, lui seul, qui avait incité Éric à revenir chez elle. Pas un instant il avait regardé ses jambes, qui étaient belles. Bon, Éric n'était pas un débauché comme elle l'avait pensé, qu'est-ce qu'il était ? Un critique d'art fréquentant les musées ? Comment Berthe pouvait-elle le tolérer ?

Elle demanda :

— Vous allez vous faire critique d'art ?

— Pourquoi pas ? Non tout de même, j'aurais voulu être peintre mais je n'ai pas de talent. Je m'excuse d'insister, mais c'est très important, nous avons perdu trop de temps... allons tous les deux chez le marchand, il n'a pas eu le temps de vendre la toile. Qui l'achèterait ? Elle est noire, il faut la nettoyer. Les gens sont ignares, en plus ils sont fauchés en ce moment. Vous êtes la petite-fille d'un antiquaire qui fut autrefois célèbre à Clermont, tout le monde vous connaît ici.

— Partir ?

— Oui, tout de suite. Si je me présente seul dans le magasin de ce type, il me mettra à la porte.

— Vous savez, j'ai horreur de ce tableau si vous voulez le savoir.

— Louise ! Si je ne revois pas cette toile j'en ferai une maladie ! Je rentre chez moi et je me couche pour la semaine. C'est ce que vous voulez ? Soyez gentille...

Elle demeura immobile. Non, elle ne voulait pas qu'il se couche. Mais son bon sens, sa patience se révoltaient à la pensée de quitter la maison pour retrouver le tableau. C'était là une chose impossible. Absolument impossible. Le sentiment qu'elle était sur le point d'accomplir une action insensée, dangereuse, s'empara de son esprit. Une souffrance discrète pareille à une réprobation morale lui serra le cœur. Elle sentait bien qu'on l'attaquait par surprise et qu'elle n'était pas la plus forte, mais était-ce là ce qui importait ? Être forte, cela veut dire être heureuse ? Se garder, garder sa tranquillité ? Quelle tranquillité ? Ce moment était vraiment terrible, si le garçon lui avait donné l'ordre de se coucher à terre, elle aurait aussitôt obéi. N'était-elle pas folle ? La fêlure dans sa tête était profonde. Elle ne pouvait pas parler. Il revenait à la charge.

— Louise, faites-moi plaisir, allons-y ensemble !

Son ton était véhément et cependant si humble.

— Vous me tourmentez, dit-elle, ça n'est pas bien.

— Et moi je suis plus malheureux que vous.

— Mais j'ai pris ce tableau en grippe...

— Louise, soyez bonne...

Elle pensa : « Qu'est-ce qui compte pour moi, continuer à mourir dans cette maison ou marcher avec lui au soleil ? »

Mais en même temps le tableau lui fit l'effet d'un mauvais rêve qui la poursuivait après l'avoir vendu, et voilà qu'elle allait partir à sa recherche ! Tout cela était absurde et même dégoûtant. Effrayant même. Elle regarda l'homme fixement, cherchant manifestement une conduite à tenir. Laquelle ? Qui dans sa pauvre vie l'avait ainsi suppliée ? Dans le fond ce tableau était une bénédiction, grâce à lui Éric était à ses pieds. Y serait-il avec ses seuls charmes de femme ? Elle ne voulait pas y penser. Mais elle devait se méfier, il ne l'aiderait pas à vivre, il la prendrait comme il avait pris d'autres femmes en caressant leurs mains. Et juste à ce moment (ah, ce fut étonnant) il posa sa main sur son bras.

— Louise, dit-il, faites-moi plaisir.

Elle sentait la main posée sur son bras, et le bras communiquait avec ses seins, avec son ventre. L'aimait-il ou aimait-il le tableau ? Elle se demanda ce qu'il fallait faire. Rien. Ne pas bouger. Attendre qu'il retire sa main. Le tableau existait au loin, imprécis dans le brouillard, mais la main posée sur elle était un soleil. Elle, Louise, appartenait au monde des mâles et non à celui des musées.

Il retira enfin sa main et demanda d'une voix douce :

— On y va, Louise ?

— Oui, un instant...

Elle s'écouta plus morte que vive dire oui.

— Dépêchons-nous.

Et il fallait se dépêcher ! Pourquoi n'avait-elle pas brûlé la peinture dans le fond du jardin ? C'était si facile la semaine dernière. Mais Éric serait-il ici ? (Redite.)

XVI

C'était une jolie matinée avec des plages de nuages blancs s'étirant à l'infini dans le bleu du ciel. Comme Louise connaissait ce chemin ! Rien n'avait changé autour d'elle. Patrie des souvenirs d'enfance, patrie des morts dans la mémoire. L'homme qui marchait à ses côtés ne cessait pourtant d'être présent devant elle. Là était la nouveauté. Tout était si gai que le bruit des voitures sur la route ressemblait à celui d'une friture dans un pays de cocagne.

Éric marchait trop vite, excité à la pensée de retrouver la peinture dans un instant. « Qu'on en finisse une bonne fois pour toutes », pensa Louise. Elle fit appel à tout son courage. « Il me mène déjà par le bout du nez. » Elle fut de mauvaise humeur soudain et regretta amèrement d'être sortie. Toute à sa honte de n'avoir pas su rompre avec le tableau elle apostropha le garçon :

— Doucement... vous marchez trop vite pour moi!

Il ne répondit pas mais ralentit. Ils attaquèrent la rue du Port.

Maintenant qu'elle était accompagnée, c'était une nouvelle rue pour Louise. En levant la tête elle aperçut les grosses lettres d'une publicité de vêtements qu'elle n'avait jamais remarquée.

AU ROI DU PANTALON

Elle pensa : « Il en a de la chance! » mais elle était contrariée... « Je suis en train de commettre une erreur, il me faut en passer par là... *il faut*, voilà que je parle comme lui. »

— Nous sommes des fous, dit-elle, essoufflée.

— Je l'espère bien. Vous connaissez la pensée de Blake? Si le fou allait jusqu'au bout de sa folie il rencontrerait la sagesse.

— Ou l'asile.

— Ne soyez pas si sombre. Où allons-nous?

— Rue Savaron.

— Ce marchand s'appelle...?

— Belosi.

« Belosi de merde », pensa Éric. La rue montait, ils ne parlaient plus. Ils avaient l'air de personnes prises dans un piège posé non pas par des mains humaines mais par le jeu d'un maléfice singulier. Depuis quelques jours Éric subissait une influence d'un attrait démoniaque qui le privait de toute paix, son inquiétude allait *crescendo*. En ce moment le tableau lui échappait. L'ancienne propriétaire s'en fichait, mais il avait réussi à la harponner. La garce avait fait bien des manières. Il pensa :

« Elle a l'esprit d'une midinette avec une tendance à exhiber ses jambes et le haut de sa poitrine. Couche-t-elle facilement ? Je n'en ai pas la moindre idée. Chez elle l'extase physique doit engendrer très vite souffrance et regrets. (Il avait lu pas mal de livres de psychanalyse.) Style fofolle mais avec du cœur. C'est une femme qui a souffert. Elle porte bague au doigt marital... Elle transpire pas mal et doit avoir du sang espagnol. Chez elle la pure animalité doit être synonyme de magie. Si nous retrouvons le tableau, est-ce qu'elle me le donnera ? »

Il en était là de ses pensées quand elle le questionna :

— À quoi pensez-vous ?

— À vous.

Elle rit, ses dents étaient belles.

— Je peux savoir ?

— Je ne pense que du bien, vous avez le style orpheline dans une ville de province.

— Qu'est-ce que cela signifie ?

— L'émotion nue... à fleur de peau. L'effroi. Le besoin de rire. Je suis sûr que vous avez l'art de poser des lapins aux hommes.

Ils rirent de bon cœur, mais Louise avait envie de pleurer. En ce moment elle se sentait seule au monde, et le fait de grimper cette rue pour chercher le tableau qu'elle haïssait lui semblait une chose extravagante. L'attirance qu'elle ressentait pour cet homme l'inquiétait. Le tableau retrouvé, il l'oublierait vite, peut-être s'amuserait-il un peu avec elle. Rien d'autre que le sexe? Ensuite il s'éloignerait...

Volontairement Éric avançait lentement. Sa voisine ne l'intéressait plus tout d'un coup. Dans l'indifférence que lui témoignait le monde il était seul avec cette peinture que personne ne connaissait, pas plus à Clermont qu'ailleurs. Il n'avait vu l'œuvre qu'une seule fois, c'était la nuit avec un mauvais éclairage électrique, il avait pris le cadre noir dans ses mains pour l'examiner de près, et ce choc de reconnaissance passionnée n'avait pas cessé. Le matin dès qu'il se levait il revoyait le visage du Christ dans une sorte de brume qui le cachait en partie, le soir sa fièvre montait, il revoyait alors des détails exquis avec une précision étonnante. Il avait l'impression que le tableau était fait d'une délicate peau féminine déléguant vers lui des vagues caressantes. Jamais il ne la reverrait.

Et maintenant cette satanée bonne femme à ses côtés ne cessait de lui faire les yeux doux, ce qu'elle voulait se faisait à l'abri des regards indiscrets. Les parties de jambes en l'air l'ennuyaient. Quand il faisait l'amour il se sentait une bête prise dans un piège de soie. Toute cette tendresse dissimulait une agitation de fauves échappés d'un cirque. Toujours le même remue-ménage tête contre tête. Était-il le seul homme au monde fatigué à ce point par la copulation? Mais c'était pour ainsi dire son métier. Avec les femmes il n'y avait que fatigue. Fatigue de la séduction pour commencer car il faut les séduire de manière à placer un calice d'or dans leur cœur, fatigue de sourire et de trotter, même crevé, d'un air décidé à leur côté, fatigue de sombrer à un moment dans l'attelage blanc de leur corps, fatigue de la longue patience quand leurs larmes coulent et qu'elles égrènent leurs griefs, fatigue enfin de la rupture inévitable. Fatigue de ne pas pouvoir les oublier. Quelques années encore et la jeunesse est morte, mais la vie ne lâche pas sa prise pour autant, elle crie votre nom sans cesse à perdre haleine. Il faudrait du repos, il faudrait rêver, or on ne fait que baiser et l'œuvre ne se fait pas. Pourquoi ? Parce qu'on est sorti de soi pour vivre dans les bras d'une femme. Et quand elle vous donne son congé vous êtes perdu... Mais d'autres viennent vous provoquer.

Oh, Éric était amer, le monde était abominable et quel mal allait lui apporter Louise ?

Il lui semblait que les femmes ne comprennent rien à la peinture. Elles aiment seulement les images. À leurs yeux il n'y a qu'elles-mêmes qui comptent, obstinées, rancunières, âpres, remplies d'alarmes et de reproches. Leur sexe est comme un masque noir qui tient en équilibre entre leurs jambes nues. Dans son enfance les instituteurs pesaient sur son dos avec un poids de plomb, et maintenant les femmes pesaient sur son ventre avec le même poids. Que pouvaient-elles lui trouver puisqu'il n'était ni un être d'amour ni un être de dévouement ? Il était sur le point de rompre avec Berthe, mais déjà une autre apparaissait essayant de le rallier à un nouvel attachement. Elle avait bien dix ans de plus que lui, et le tableau qu'elle avait ignoblement vendu comme pour le défier, le punir — oui, le punir ! — ajoutait à sa rancœur comme à sa lassitude de tout. Il imagina (c'était un traître avec une âme de génie) qu'il pourrait bien la punir à son tour si l'occasion s'en présentait.

Et pourtant, Éric n'était pas sans ferveur. Il aimait Toulet, il aimait Desnos, Cingria, des poètes rares, il aimait si fort Rimbaud. Il savait par cœur des extraits de lettres de Vincent à son frère Théo... Il avait suivi pendant deux ans les cours de l'École du Louvre, qu'il jugea un jour trop mondains.

Louise s'arrêta net pour reprendre souffle. Elle s'apprêtait à dire quelque chose d'amusant pour rompre le long silence, mais le visage de son voisin était sombre, mieux valait ne pas plaisanter en ce moment.

Ce fut lui qui parla.

— Et si nous revenons bredouilles ?

— On verra bien.

— Vous croyez qu'on le retrouvera ?

— Non, nous ne le retrouverons pas, mais nous l'aimons, c'est cela qui compte.

« Garce de femme », pensa-t-il.

Il y eut un silence glacé. Louise était indignée. Cet homme l'agaçait prodigieusement. Assez de peintres à plumeaux ! Assez de tableaux ! Assez de galeries, de commerce ! La peinture coule par les narines des marchands. « Foutue vieille fille ! » se dit Éric. Mieux valait ne pas la contrarier en ce moment, il en avait trop besoin.

— On y va ? dit-il.

— On y va.

Curieusement ils restèrent immobiles, comme effrayés par la proximité du magasin. Voir passer sa chance est peut-être plus terrible que n'avoir pas eu de chance du tout.

Ils se remirent en marche. Les fenêtres avec leurs volets malades avaient l'air de les espionner. La rue montait toujours. Dans les vitrines, des épaves (il y avait même des jouets anciens) ayant appartenu à des trépassés guettaient un signe de vie venu des passants, mais personne ne s'arrêtait jamais.

La cour d'un immeuble sombre apparaissait soudain sous un porche voûté. La maison portait la trace d'un rouge curieux pareil à celui du bœuf écorché de Rembrandt. C'était un rouge intensément familier et pourtant tragique, comme si la couleur désignait aussi l'énigme d'un destin humain : celui d'un martyr peut-être. Pour lui échapper Éric détournait la tête, tant ce destin adhérait à ses pensées. Il avait peur car il était fragile. Qui pouvait vivre dans cette pénurie de lumière ? On guettait des apparitions. Vainement. Il fallait s'obstiner. Revenir pour les voir. Difficile d'improviser de soudaines étreintes contre ces murs. Éric avait l'impression de déambuler dans les galeries d'un musée en ruine. Le plus étrange était ce silence de mort dans les cours sombres. Il n'y avait pas de langue pour rendre compte de cette amnésie suspendue sur les pierres comme un avertissement funèbre. Le rêve s'y coulait merveilleusement au point de donner l'illusion, dans un éclair, d'avoir vécu autrefois au milieu de cette cendre grise.

Belle rue, très belle ville où l'être devait persévérer longtemps pour prendre corps et langue. Des figures austères sortaient des porches portant des morceaux de nuit sur leurs épaules robustes. Robinson spectral échappé au naufrage, têtes neigeuses cernées de plomb, orbites profondes, ossements futurs. Deuil, deuil de la vie qui passe. Faveur de quelle grâce ? Les imaginations défuntes respiraient à l'air libre. Mais toute beauté a la cruauté pour revers.

Ils se remirent en marche. Du coin de l'œil Louise observa le profil d'Éric. Il était beau, cela elle devait le reconnaître. Mais était-ce suffisant ? Une certaine distinction de manières ajoutait à son charme. Il était malheureux parce qu'elle avait vendu la peinture qu'il aimait. Bon, et puis après ? Était-ce pour cela qu'il boudait comme un gosse à qui on a confisqué son jouet ? Certainement. Elle aurait tellement aimé lui prendre le bras ! Rien n'est bon comme la peau qu'on presse dans sa main sans y penser.

Elle faillit lui prendre le bras et n'en fit rien.

« Je vais attendre qu'il ait retrouvé son tableau... Saint Antoine de Padoue (le protecteur des objets disparus pour sa mère), venez à mon secours. Il m'embrassera après. »

Aucun moyen de s'enlever cette pensée de la tête : jamais encore elle n'avait donné le bras à un homme dans la ville où elle était née. C'était extraordinaire. Même s'il avait eu soixante-dix ans, elle s'appuierait sur son bras avec délices. Les vieux sont doux et bons, réfléchis, et certains sont très vigoureux de corps, toujours capables de faire jouir les femmes. (Comment savait-elle cela ?)

Le ciel se voilait. Tous les bruits paraissaient de la même nature à la fois lointaine et proche. Cet homme dont elle ne pouvait saisir le bras, que faisait-il à son côté ? « En voilà assez avec son tableau... j'ai envie de le laisser tomber », se dit-elle. Mais c'était difficile. Elle devait patienter, quelque chose allait certainement arriver assez vite.

Elle s'arrêta, une main posée sur sa poitrine.

— Ouf ! Je crois que mon cœur va éclater.

Il posa doucement sa main sur le cou de Louise, enfin il s'apercevait qu'une femme merveilleuse marchait à côté de lui ! Elle ferma les yeux, une mèche de cheveux lui tombait sur le front. Elle vivait un rêve où quelque chose vous menace en s'approchant, mais vous vous sentez à l'abri, protégée quoi qu'il puisse se produire. (Attendons la suite.) Il demanda :

— On pourrait s'asseoir un moment dans un café ?

Elle rit.

— Et si le tableau fichait le camp à ce moment ?

Cette femme prenait tout à la blague... Il ne répondit pas et se remit en marche. Elle suivit docilement. Et ce fut soudain, les lettres dorées se détachèrent sur la boutique.

VINCENT BELOSI

Antiquaire

Il annonça :

— Drôle de Vincent de Paul le Belosi.

— Chut...

Il poussa la porte et pénétra le premier dans le magasin. Mauvaises manières d'homme pressé.

L'odeur de la cire triomphait d'un silence confit. Ça sentait aussi la camomille, l'église, le cimetière, le chien mouillé. Il n'y avait personne. Elle pensa : « Tous ces objets des nids à poussière. » Non, non, Louise, des choses aimées comme des âmes qui se sont libérées du corps. Vases, coffrets, miroirs. Objets qui avaient accompagné le dernier souffle du mort. Un quotidien vécu qui devient légende. Posséder la mort n'empêche pas de mourir un jour à son tour. Elle reconnut, posés sur une commode, son brûle-parfum oriental, sa théière d'argent cabossé. Pour toujours ils étaient perdus, étrangers. Son cœur se serra. Pourquoi avait-elle vendu ces objets ? Il fallait d'abord crever, ensuite les héritiers auraient vendu ces merveilles. Elle s'était prostituée. Et pour qui ? Des ingrats.

Monsieur Belosi apparut vêtu de noir. Greco livide au milieu des épaves. Maussade apparition de délectation mortelle. Oh, comme Louise le haït ! Comme elle s'était *fait avoir* par le goujat. Dans son magasin maintenant il s'élevait à d'inaccessibles hauteurs, un nouvel homme, un dignitaire du Louvre par rapport à celui qui était venu sonner à sa porte.

Louise attaqua fermement :

— Monsieur Belosi, bonjour, avez-vous encore la tête de Christ que je vous ai vendue ?

L'homme « une espèce de maure » attacha sur la visiteuse un regard triste et vague.

— Elle est partie tout de suite.

— Comment ça partie?

— Je venais tout juste de la poser, sur ce fauteuil (il le désigna d'un gros doigt jauni), quand quelqu'un me l'a achetée.

Maladroit Éric, stupide Éric! Son ton cassant déplut beaucoup au marchand.

— Peut-on savoir le nom de l'acheteur?

Monsieur Belosi hocha la tête d'un air mécontent. Il resta un moment silencieux.

— Dans la profession, on ne donne jamais les noms, dit-il.

— C'est très important pour nous, reprit Éric.

— Pour moi aussi, je ne donne jamais de nom.

Louise regretta de s'être fait accompagner. Monsieur Belosi, sans prononcer un mot de politesse, se retira dignement dans son arrière-boutique. Les visiteurs furent seuls, avec l'air de gens qui viennent de courir sur le bord d'une falaise. Éric était un enfant puni. Elle s'approcha de lui et le prit par le bras. Elle se sentait capable de se jeter à la mer pour l'empêcher de se noyer. Et puisqu'elle avait vendu le tableau en sachant qu'il l'aimait, elle était coupable. (Redite.) Elle chuchota :

— Je vais aller lui parler. En votre présence, il n'ouvrira pas la bouche... rendez-vous dans vingt minutes à l'intérieur de Notre-Dame-du-Port, vers le fond de l'église, d'accord?

— D'accord, dit-il avec le ton de l'accouchée

pleine de rancune contre le mari dispos et debout.

Il sortit immédiatement du magasin. « Je le savais, se dit-il, c'était trop beau. »

Se présenta à son esprit une pensée bien laide : « Au cours de la soirée où j'ai vu la toile pour la première fois, je n'avais qu'à l'emprunter sous prétexte d'en faire une copie et de filer à Paris. Jamais les deux bonnes femmes n'auraient porté plainte contre moi. J'en suis certain, Berthe m'a dit souvent que sa tante était folle... j'ai été idiot... »

Sur-le-champ, il aurait voulu foncer vers la gare et prendre le prochain train pour Paris. Il y en avait un qui partait à treize heures trente, mais où trouver l'argent pour payer son billet ?

Un enfant qui courait dans la rue tête baissée vint se jeter dans ses jambes. Sans le regarder il l'écarta des deux mains.

XVII

La femme qui donne un rendez-vous à un homme dans une église n'est pas forcément mystique, Louise avait simplement pensé à un endroit commode pour s'asseoir et attendre. En tout endroit elle parlait à cœur ouvert.

Il lui arrivait de penser à la couleur des yeux qu'auraient eus ses enfants et des larmes lui montaient aux yeux. C'est une grande injustice pour la femme solitaire d'être obligée de s'accoupler à un homme pour avoir un enfant. Beaucoup s'y résignaient à contrecœur. Bien que vierge à son âge, elle était une femme-soldat de l'amour avec les os, la chair d'une bonne épouse. Elle se disait :

« Quoi que je fasse, un jour je sais que je me tromperai et Dieu sera mécontent de moi, il vaut mieux que je sois heureuse tout de suite. Plus tard je payerai. »

Un peu surprise d'être si seule dans le magasin

(Belosi-Greco ignorait sa présence), elle s'était assise et respirait doucement. Elle pensait aux mains d'Éric dont les doigts étaient si étrangement longs. Monsieur Belosi dans son antre devait frotter un morceau de bois avec une lime. Bon courage au filou besogneux. Elle regarda encore une fois sa théière en argent et son brûle-parfum arabe. Les beaux objets ! Tout le reste était pacotille méprisable, le marchand l'avait volée. Mais le vol n'est pas seulement un délit, il est aussi la grande distraction de ceux qui s'ennuient sur la terre. Les volés aussi s'instruisent. À la pensée qu'elle allait se battre elle sentit un frémissement dans sa poitrine. L'attente devenait pénible, elle déplaça sa chaise. Là-bas le bruit de la lime cessa net. Monsieur Belosi se montra. Il ne s'étonnait jamais de rien, sa mort serait peut-être une habitude prise de son vivant.

— Vous vous souvenez de mon grand-père, dit Louise d'une voix douce, vous l'avez connu...

— Ben oui...

— Je vous demande de me rendre un service, vous allez y trouver votre intérêt, tout Clermont est persuadé que je cache une fortune dans mon grenier, or mon père a tout vendu, venez voir ce qui reste, vous trouverez peut-être quelque chose d'intéressant... mais j'ai besoin de savoir le nom de la personne qui a acheté la tête de Christ...

Elle avait parlé très vite, ses tempes battaient, meubles, faïences, bougeoirs se rapprochèrent à toute vitesse de ses yeux comme un butin pillard. Un instant sa vie sentit l'odeur de l'essence térébenthine à plein nez. Belosi cirait tout ce qui lui tombait sous la main avec la conscience de l'instituteur corrigeant ses dictées. La franchise de sa cliente lui plut beaucoup.

— C'est pas compliqué, Mademoiselle, l'acheteur est mon voisin, Monsieur d'Aventis, au 6 de la rue Massillon. Il vous connaît mais il ouvre seulement l'après-midi, à quatorze heures.

Le visage de Louise s'éclaira. Sauvée!

La vie sur la terre est simple : toujours se battre, toujours attaquer! Il faut avoir la santé. Elle pensa : « Il va retrouver son tableau et j'aurai la paix. » (Elle voulait dire sans doute : j'aurai de l'amour.) Elle remercia et fut tout de suite dans la rue. Une rue vivante et claire cette fois, sans fantômes dévoués au souvenir de Pascal. Était-ce bête! elle avait l'impression de se rendre à un rendez-vous d'amour pour la première fois de sa vie. Que de complications pour un chromo que son père et son grand-père n'avaient jamais réussi à vendre! Cette croûte avait dormi dans un grenier pendant cent ans et maintenant elle trouvait l'occasion de se mettre en avant. Dans un instant elle chuchoterait le nom d'Aventis à l'oreille d'Éric. Il l'attendait à l'église. C'est là où elle se marierait? Croyait-il en Dieu seulement? (Aucune importance si Dieu croyait en lui.) Elle croyait en Dieu elle-même comme le faisait un personnage dostoïevskien, c'est-à-dire dans le malheur, c'est-à-dire dans sa vie même, puisqu'elle n'avait jamais été heureuse. Monsieur d'Aventis avait connu son grand-père, il ne ferait aucune difficulté pour lui revendre la toile. Cette histoire allait finir cette fois.

Elle se regarda dans une grande glace, enfin elle pouvait se voir de la tête aux pieds lavée de toute cette grisaille de la rue de l'Oratoire. Ce fut dans la lumière comme un arbre argenté au feuillage doré qui lui souriait. Belle femme. Belle et modeste comme un bouquet des champs. Ses yeux pleins de gratitude souriaient à son image avec un sentiment enfantin, comme s'ils découvraient dans la cheminée de Noël un beau jouet. Un démon la possédait peut-être ? (Certainement.) Elle prierait, elle le chasserait. Elle se pencha en avant pour mieux se voir comme on s'incline sur une source pour boire l'eau dans ses mains. Ce soir même elle lui donnerait le tableau en lui disant : « Gardez-le en souvenir de moi, ne le vendez jamais mais ne faites plus de caprices et soyez un peu plus gai. » Il prendrait ses mains, elle serrerait sa tête contre sa poitrine. Il toucherait ses seins.

L'église était devant elle. « Et que dira Berthe s'il m'aime ? Elle dira : Un de perdu, dix de retrouvés... Folle, tu sais bien que tu es malade... Mariée, je retrouverai la santé. » Elle descendit un escalier aux marches usées. La lourde porte poussée, l'ombre la recouvrit. À l'intérieur d'une église elle aimait dans la journée connaître l'exaltation de la nuit. Elle appuya son dos contre une colonne. Dieu était donc ici ? Elle n'avait pas envie de prier. Elle eut l'impression de s'endormir. Un visage s'approcha du sien, non pour lui donner un baiser, hélas, mais pour l'interroger dans un chuchotement anxieux.

— Vous avez le nom ?

— Oui.

— L'adresse?

— Oui.

Il approcha ses lèvres contre sa tempe comme pour la récompenser. « Un instant », dit-elle de mauvaise humeur.

Il s'éloigna, comme honteux, pour revenir à la charge un moment plus tard :

— C'est un collectionneur?

— Non.

— Qui alors?

— Antiquaire... chut!

Où est-il, celui qui aime seulement et se tait? Celui qui ne s'intéresse pas aux tableaux anonymes mais aux femmes qui portent un nom? L'église était un théâtre d'ombres figées, clouées sur place. La voix de l'homme pressé chuchota : « Allez, venez... » Il l'entraîna en la tirant doucement, son corps souffrait, on eût dit que l'homme voulait déloger le Christ de l'église pour prendre sa place.

Elle fut étonnée de se retrouver si vite à la lumière. Quelque chose d'absurde soudain : elle aurait aimé être seule, ne rien entendre, ne pas parler à cet homme pressé. Lui donner l'adresse du marchand et qu'il aille seul à ses affaires. Oui, qu'il parte avec le tableau.

La rue était toujours comme au temps de l'enfance la maison des chats et des chiens. La boulangerie avec ses trois gâteaux ocre et vert pistache derrière la vitrine donnait le bon Dieu sans confession contre un peu de monnaie. Une vieille en noir comme une fourmi géante portait péniblement une énorme baguette de pain doré. Comme les gens mangeaient ! À la veille de leur mort ils s'empiffraient. Des étudiants, des employés envahissaient la rue, les chats leur cédaient cérémonieusement la place. Louise apprécia le silence de son voisin. Hélas ! à ce moment il parla et pour dire quoi ? Une sottise...

— Un antiquaire qui achète un objet à un autre antiquaire, ça veut dire quoi ?

La réponse de Louise fut brève.

— Vendre plus cher au client.

— C'est mauvais pour nous ?

Elle haussa les épaules sans répondre. Il ne se tint pas pour battu.

— On y va ?

— Il n'ouvre qu'à deux heures de l'après-midi.

Il y eut un silence. Enfin la férocité de l'oiseau de proie à ses côtés s'imbiba d'un nouvel état d'esprit à la vue d'un restaurant.

— Si nous allions manger, dit-il, qu'en pensez-vous ?

— Je veux bien à la condition que chacun paie son repas.

— Quelle idée bizarre. Ce sera votre tour quand nous aurons récupéré la toile, acceptez, cela nous portera bonheur.

Le bonheur ? Il n'était pas dans le tableau en tout cas, cela, elle le savait.

— D'accord, dit-elle.

Quand il fut assis, il regarda Louise avec une sorte

d'avidité inquiète, elle connaissait certainement ce Monsieur d'Aventis.

— Je vous ennuie, dit-il, je le sais, je dirai même que je vous irrite, c'est un moment à passer, ce soir, nous aurons la toile et nous ferons une petite fête en tête à tête.

Elle rit de plaisir.

Toujours seule aux repas elle *planait* au-dessus de son assiette à la pension de famille.

Il reprit son ton agressif.

— Ce type infect se méfiait de moi, vous avez vu ?

— De qui parlez-vous ?

— Le nommé Belosi.

— Vous êtes toujours en colère comme ça ?

— Presque. Les gens sont insupportables.

— Et vous, quels sont vos défauts ?

— J'aime boire du café dans la nuit, j'aime m'envoyer des lettres d'amour que je signe Silvia ou Josiane, j'aime la pluie en marchant dans les cimetières.

— Allons donc !

— J'aime jouer de l'orgue dans une église vide.

— Vous savez ?

— Bien sûr. J'aime les calvaires bretons...

Elle l'interrompit.

— Vous n'avez pas l'air d'avoir la vie dure.

— J'ai la vie la plus dure qui soit.

Il se balançait parfois de droite à gauche. Drôle de garçon trop pâle avec dans ses yeux une rancune insatiable.

— L'autre soir chez moi, dit Louise, vous aviez l'air d'être sorti de la vie, pour revenir vous connaissez le chemin ?

— Pour vous-même vous êtes le chemin, mais il change de forme. Évitons d'en parler.

— Au contraire, parlons-en. Qu'est-ce un chemin qui change de forme ?

— Tout ce qui est inattendu et qui arrive. Notre conscience des choses ou des êtres est immobile, par sécurité le plus souvent, mais elle porte un pressentiment qui nous avertit qu'un changement va se produire. Des pensées, des faits surgissent, vous entrez un jour dans un nouvel espace.

— C'est bien abstrait.

— Bon. Je vais vous donner un exemple précis, vous connaissez Kandinsky ?

— Non.

— C'est le créateur de l'art abstrait. Il était dans sa jeunesse un peintre figuratif qui travaillait sur nature. Un jour, il rentre chez lui fatigué, il a travaillé pendant des heures devant un paysage. Il pose au hasard sa toile à côté de son lit et se couche. Le lendemain matin quand il s'éveille, son regard se pose sur de belles couleurs qu'il ne comprend pas. Qui a fait cela ? Il se lève et s'aperçoit que la veille *il a posé sa toile à l'envers...* les couleurs vivent intensément pour elles-mêmes. Il ressent une émotion inconnue et décide de renoncer au sujet, sa peinture devient libre... Le chemin est toujours le même, mais il a radicalement changé de forme. Et pour les êtres c'est la même chose. Un beau jour une femme quitte son mari parce que quelque chose d'important s'est révélé à ses yeux. Elle a une nouvelle conscience. Son quotidien prend une direction inattendue, sauvage, destructrice. Elle change de vie, voilà encore un chemin qui prend une nouvelle forme.

Il avait parlé avec un grand sérieux. Louise ne comprenait pas tout, mais peu lui importait, la fascination qu'il exerçait sur elle ne tenait pas à des mots. Elle se dit : « Je comprends maintenant pourquoi il est resté si longtemps devant le tableau. » Ses pensées ne parvenaient pas à faire le tour de ce chemin qui change de forme, mais elle se sentait concernée. Tout le monde change et ne change pas. Éric compliquait tout. Si un être évolue c'est qu'il n'est pas heureux, ou très intelligent, alors il regarde ailleurs. Toutes ces idées étaient chimériques, elle voulut en sortir en demandant :

— Berthe aussi est un terrain qui change ?

— Berthe est une bête, mais sa vitalité est pervertie parce qu'elle respire avec des poumons de femme.

— C'est gentil pour elle ce que vous dites, mais soyez sincère, pourquoi avez-vous spécialement besoin de mon tableau pour vous faire du cinéma ?

— Le mot cinéma est assez juste. Mais pourquoi certains êtres s'aiment et vivent ensemble, tandis que d'autres se détestent ?

— Vous aimez cette tête du Christ ?

— Elle est pour moi un fil conducteur, je ne la vois plus.

Apparemment indifférent, il regardait devant lui.

Elle le questionna :

— Mais que voyez-vous sur ce tableau ?

— Sur votre tableau je vois la lumière qui forme un tourbillon, des images passent comme sur un écran...

Absurde. Louise sentit qu'elle ne devait plus l'interroger, où allait-il chercher ces apparitions ? Mais elle-même, ne voyait-elle pas l'homme de Dieppe lui apparaître alors qu'il n'était qu'une illusion lui aussi ? Mieux valait ne pas parler de ces choses qui font souffrir, qu'elles demeurent imaginaires, de passage, comme ces images qu'on voit passer dans un film, images qui ne vous concernent pas et qu'on oublie vite. Elle regardait Éric fixer la rue devant lui.

« Il est donc comme moi, se dit-elle, un peu malade... c'est pour cela qu'il m'attire ? »

Il était absolument différent, elle n'aurait pas aimé un homme qui lui ressemble. D'habitude ce sont des saintes et des saints qui ont des visions, mais ce garçon vivait des femmes... Et elle-même, elle-même Louise, poursuivie par l'homme de Dieppe, ne cherchait-elle pas, dans le délire, la compagnie d'un homme ?

Tout de même le repas fut gai, ils burent un litre de vin, ce qui est bien distinct des apparitions.

— Que voulez-vous faire plus tard ? questionna Louise.

— Choisissez pour moi.

— Marchand de chromos.

Ils rirent. La félicité était en vue. Aucun voile de démence n'apparaissait dans les yeux d'Éric. Au contraire, comme par magie, il avait perdu son engourdissement. Il était devenu un jouvenceau curieux de regarder l'aimable femme à ses côtés. Il se secoua drôlement comme un chien mouillé par la pluie, puis il s'empara de la main de Louise, qu'il garda dans la sienne. Bénie la main hardie qui la première traverse l'espace froid pour se saisir de l'autre comme pour pénétrer dans son sang. Ce feu, cette moiteur de la peau qui cherche à se vivifier dans une autre peau a quelque chose de convulsif.

Ils se levèrent ensemble. Que l'un des deux exprime à ce moment un désir et l'autre lui obéirait. Ils se turent, sachant cela. Louise, depuis le matin, n'était pas retournée à la pension de famille. Que devaient-ils penser là-bas ? « Au lieu de me conduire vers un hôtel, se dit-elle, il doit penser au magasin qui va ouvrir à deux heures. »

Miracle télépathique de deux pensées suspendues, Éric demanda :

— Vous pensez que ce type ouvre à deux heures juste ?

Elle secoua la tête et ne répondit pas. Pauvre homme ! Il ne voulait pas la prendre dans ses bras. Il était égoïste et vain, préoccupé de choses qui n'existent pas. Le tableau se dressait entre eux comme un rempart pour cacher la chambre d'amour. Pourquoi n'avait-elle pas brûlé cette toile dans son jardin ? (Ah, les regrets, les redites...) Mais dans ce cas, Éric serait-il à ses côtés ?

Furieuse, le buste droit, elle demanda :

— Berthe est votre maîtresse ?

— Quelle question ! dit-il sobrement.

Encore une fois ils se dirigèrent vers la rue Massillon. Louise était un peu plus grande et plus forte que lui. Aucun bonheur ne l'avait encore épuisée. Ses yeux pleins de défi étaient fixes. « Et maintenant, je vais revoir encore une fois cette croûte et en finir, qu'il y voie le diable ou le bon Dieu, ça n'est plus mon affaire. J'en ai soupé. »

C'était elle qui marchait la première soudain. Éric ralentissait. Il sentait très bien l'hostilité qui venait de la femme, elle lui battait *froid*. À sa guise. *Elles étaient toutes les mêmes.* Il était un chien de cirque voué à la fornication. Pourquoi un jury composé de vieilles pipes l'avait-il recalé au professorat de dessin de la Ville de Paris ? Pourquoi lui avait-on refusé le contrôle d'un chantier de fouilles en Égypte ? Pourquoi la conservation d'un petit musée à Louveciennes lui était-elle passée sous le nez ? Bon gré mal gré il devait vivre avec une femme nue. Cette flamme blanche devenait à la longue une épine noire. La ride entre ses yeux se creusait un peu plus chaque année, jamais de colère avec lui, jamais de scène, il quittait un jour la maison de la belle, et voilà tout.

Ils ralentirent le pas. Quelque chose se ternissait dans la lumière, le temps allait changer. Trop de cupidité, trop de sottises, trop de culture et pas assez de peau, pas assez d'étreintes. Des histoires à dormir debout autour de son tableau. Une esthétique mondaine fabriquée. Elle n'y croyait pas. Les mots étaient des larves pétrifiées après un long usage. La vraie chaleur venait du corps. Oh, ce qu'on sait de meilleur est inexprimable, essayer de le dire est copie d'écolier.

Une boutique rouge carmin leur faisait face, en lettres dorées (pour faire riche) on lisait :

GÉRARD D'AVENTIS

Antiquaire

XVIII

En poussant la porte du magasin, Éric pensa : « Les antiquaires sont la première race après les crapauds sur la terre. » (Il eut bien tort.)

La porte s'ornait d'un carillon criard comme il en existe dans *Blanche-Neige.* L'antiquaire assis à son bureau avait une soixantaine d'années, un vrai *papa-gâteau* (peut-être avec un doigt de rhum). Il avait un délicat visage au teint de lait, un regard languide de poupée russe, des cils argentins. Ses yeux perçaient de la plus terrestre mélancolie : le bleu, mais dans son regard on pouvait trouver en toute saison des vœux de bonne année pour ses clients. Un vieux gamin fantasque aimant la politesse comme un art ménager. (Ronds de jambe, arabesques dans la conversation.) Communicatif comme une table de spirites. Subjuguant les vieilles dames avec une voix chantante mais qui se voilait par moments. Il était veuf, aussi mettait-il en toute saison dans son lit un tas de fourrures de loutre pour avoir l'impression, la nuit, de dormir avec une femme tendre. (Encore un cœur d'or avec une monture noire.)

C'était un dénicheur de nids et d'objets rares dans la maison des décédés. Il était heureux de vivre dans la sinistre perspective des cimetières dont l'écume était faite de tous ces objets posés un peu partout, objets insipides possédant des couleurs admirables, ambre, lapis-lazuli, vert de jade, cinabre et certains d'un blanc rare imitant la neige qui tombe dans l'au-delà. Pantalon noir, veste chamois impeccablement coupée, une sorte de pastille mauve à la boutonnière (palmes académiques auvergnates ?), il avait la conviction que l'univers était un magasin d'antiquités où l'on pouvait faire de l'or. Tout ce qui est ancien se vend. Même les pipes.

À la vue des visiteurs, Monsieur d'Aventis ressembla à un serpent languide qui oscille sur un bâton quand l'apathique gardien du zoo lui apporte une souris blanche.

— Mademoiselle Lhers ! Quelle joie de vous voir... Vous êtes un peu du métier, ne me dites pas non, pour l'amour du ciel...

Elle sourit pour ne pas pleurer.

Il jeta sur Éric un rapide coup d'œil, l'homme qui accompagnait une femme dans sa boutique était un trouble-fête.

— Monsieur d'Aventis, commença Louise, ce qui m'amène chez vous est simple, je dois à l'amabilité de Monsieur Belosi de savoir que vous lui avez acheté un tableau que je lui ai vendu il y a quelques jours... ah ! j'ai fait une bêtise...

— Et laquelle, grand Dieu ? (Un preste mouvement de ses sourcils accompagna sa surprise.)

— Vous avez connu mon grand-père ? (Toujours pour Louise la référence au grand-père magique.)

— Bien sûr, Mademoiselle.

— Eh bien, cette peinture, c'est lui qui l'avait achetée... l'unique pièce que je gardais. J'ai été punie de m'en séparer... je voudrais tellement vous la racheter. À votre prix bien entendu, même si je devais me ruiner... (C'était dit dans un élan d'amour pour Éric.)

— Aïe ! cria le marchand (le cri imitait assez bien la douleur de celui qui s'est fait prendre le doigt dans une porte), cette bêtise, nous sommes deux à l'avoir faite, et moi un professionnel, je suis impardonnable...

— Vous n'avez plus le tableau ?

L'homme eut l'air réjoui, la mauvaise nouvelle lui faisait rudement plaisir.

— Eh non, je ne l'ai plus ! Plus du tout... c'est fou... vous savez que je ne tiens qu'à vous faire plaisir et pas seulement en souvenir de votre grand-père. Je vais vous dire ce qui s'est passé, mais d'abord vous devez savoir qu'au premier coup d'œil, ce Christ m'avait excité... remarquez que je ne suis pas croyant et que Monsieur Belosi ne m'avait pas dit que la peinture venait de chez vous. Il aurait dû me prévenir.

— Ah, souffla Louise.

— Il y a ceci maintenant, je suis un joueur, il m'arrive d'acheter quelque chose qui me plaît beaucoup, eh bien, je l'expose tout de suite comme pour la mettre à l'épreuve du feu... c'est un défi... j'aime l'objet, mais j'aime aussi risquer de le perdre, je me mets moi-même à l'épreuve d'un client de passage. Cette manie m'a joué des tours pendables. Pourquoi je joue à me faire souffrir ? Parce que je m'ennuie à mort à vendre de la camelote, Mademoiselle. En général, les gens n'ont pas de goût, ils aiment le tape-à-l'œil, mais le type qui s'accorde avec moi pour trouver une chose belle me ravit. Il me ravit mais je le maudis en même temps. Là, sur ce mur, j'ai exposé des merveilles qui sont restées à la même place pendant des semaines, personne n'en voulait, absolument personne, je les ai à la fin gardées, chez moi... Mais si on m'achète ce que je voudrais garder, je suis inconsolable. Croyez-vous que je cesse ce jeu ? Au contraire, il m'excite. J'aime sentir que je vis, Mademoiselle, le tableau a filé !

Comme il aimait parler ! Et ses gestes et ses mains ! Oui, il avait été d'une folle imprudence et maintenant il souffrait, c'est-à-dire qu'il jouissait, beaucoup. Encore un homme heureux de vivre.

— Quand l'avez-vous vendu ?

— Hier matin, je l'avais acheté la veille à Monsieur Belosi. Un homme que je ne connais pas est entré en coup de vent dans mon magasin, il est resté chez moi cinq minutes à peine. Il a jeté un coup d'œil sur votre Christ, m'a demandé le prix et l'a payé sur-le-champ. Pas de chèque, des billets. Je le voyais pour la première fois. Un homme sûr de lui, mais très distant. Certainement un étranger de passage en ville, je connais tout le monde ici, vous pensez bien. À peine avait-il quitté le magasin avec la toile sous son bras que j'ai senti ma sottise. Vous êtes contrariée, je le vois...

Louise haussa les épaules.

— Il ne vous a rien dit ?

— Rien. Et je ne lui ai rien demandé. Un homme chauve, il portait une chemise de soie... cette tête de Christ, j'en ai rêvé... saturnienne, je dirai... il s'est même passé quelque chose de bizarre... je venais de l'accrocher au-dessus de ce bureau, et je n'y ai plus pensé pendant une heure... mais quand je me suis retourné, j'ai eu l'impression que la tête sortait d'un puits pour m'observer. Bien sûr, je dis cela maintenant...

Il frotta ses narines avec son index et se tut. De quelles profondeurs s'échappait ce flot de paroles ? Le visage de Louise parut se rétrécir. Ce tableau lui avait toujours fait peur. Elle aussi avait vu un jour la figure du tableau sortir d'un puits noir pour l'observer. Folie. Folie dévoreuse de lumière... Elle n'osa pas pleurer dans le magasin. Bien entendu, avec son esprit crédule elle pouvait imaginer ce qu'elle voulait en ce moment. Le chromo devait se cacher quelque part, loin, loin de sa vue. Que devait penser Éric ? Elle n'osa pas le regarder, pourtant elle aurait aimé se coller contre lui pour partager sa déception. Par bonheur, l'antiquaire parlait à nouveau.

— ... toujours la même chose, on se laisse surprendre. Nous n'attachons pas assez d'importance à ce que nous aimons, on croit avoir le temps d'aimer ! Ça n'est pas vrai. Pour nous, il y a une chose terrible : vendre, vendre à tout prix. Je ne peux pas garder ce que j'achète, Mademoiselle, comment payer taxes, impôts et *tutti quanti*? Si je mets à l'abri la belle marchandise je me voue à la famine. Je vous dis cela pour que vous me pardonniez d'avoir laissé filer la toile qui, entre parenthèses, n'était pas signée, vous le savez. Je suis incapable de dire bon voyage au bel objet que je vends. Je n'en ai jamais revu un seul, c'est vous dire... Cette momerie me fait horreur. Je travaille pour les gens riches, hélas... Je n'ai jamais vu en trente ans de métier un ouvrier de Michelin franchir la porte de ma boutique. Mais l'argent n'est pas tout, les sentiments ont leur place. Mon père a passé une partie de sa vie à regretter une Vierge romane polychrome qu'il a ratée d'un cheveu en 1895. Il est mort riche comme Crésus, mais inconsolable, c'est cette statue qu'il lui fallait pour roder ses soupapes. La statue est au musée de Boston aujourd'hui. Je n'ai pas le courage d'aller la voir.

Ce discours écœura Éric. Il répéta misérablement l'erreur qu'il avait commise chez Monsieur Belosi.

— Tout ça est bien beau, dit-il d'un ton sec, mais ne nous avance guère.

Le visage rose de Monsieur d'Aventis se figea.

— Et alors, dit-il, pour que vous avanciez il faudrait que je vous pousse? (Oh, il n'était pas un papa-gâteau.)

Éric eut envie de fuir. Vanité de tout, et même vanité du désastre. Si le tableau avait disparu à nouveau, il y avait une raison légale pareille à un verdict, une force exécutoire capable de l'écorcher tout vif s'il persistait à s'opposer au déroulement de cette justice mystérieuse. Deviner cela sur-le-champ le distinguait de tant de malchanceux balourds, et bornés. Oui, il devait accepter, mais ce qui était arrivé était le fait de cette femme stupide qui l'accompagnait. Il se sentit épuisé, haineux. Si seulement il pouvait trouver un peu d'argent pour regagner Paris ! Plus de femmes surtout, en finir avec elles, apprendre à vivre seul. Il avait voulu jouir de chaque journée qui passait, et le temps se lézardait d'un seul coup. Pierre, feuillage et peau, tout brûlait !

La voix de Louise qui parlait au marchand l'arracha à ses pensées :

— Je m'excuse de vous avoir dérangé, mais j'y pense, ne puis-je pas contacter une association d'antiquaires à Paris ?

— Et pour quoi faire ?

— Apprendre au moins le nom de l'acheteur...

Il la coupa brutalement :

— Ça n'aurait aucun sens.

Il fallait partir *presto.* Louise la première se dirigea vers la porte, une stupeur placide dans le regard donnait à son visage une expression absente.

Ils se retrouvèrent tout de suite dans la rue. Se quitteraient-ils sans un mot ? Trop d'objets, trop de paroles, trop de meubles bien cirés, trop de visions et le vide pour finir. Un embarras somnambulique pesa sur eux. Pour les accueillir, la rue grise parut se métamorphoser en décor de théâtre. Adieu, adieu ! soupirait la rue, tant de gens sont passés par là avant vous. Laissez tomber entre vous un espace froid. Devenez des étrangers remplis d'acrimonies et de rancunes, ou alors oubliez.

XIX

Ils n'étaient même plus capables de se parler entre eux maintenant. Le tableau s'était évanoui, emportant leurs cœurs. La rue s'en allait en pente douce, c'était autant de gagné pour la descendre. Louise avait l'impression que ses jambes étaient taillées dans la peau d'un crapaud, tout en avançant elle n'osait pas regarder le garçon. Quelque chose de sinistre venait de lui, elle sentit la rage lui monter à la gorge. Ce galopin doué pour courir après les chimères ne l'humilierait pas longtemps. Elle eut même envie — tant elle était excitée — de chantonner un petit air martial pour le braver.

Un moment plus tôt, quand ils étaient chez l'antiquaire, une pluie avait lavé la rue. Dans la lumière sombre des lueurs orange luisaient sur les pavés bleus. Le silence oppressant se prolongeait.

Bien entendu ce fut elle qui parla, sa voix était calme, amicale :

— Ne nous disputons pas, dit-elle, je connais à Paris deux ou trois antiquaires qui travaillaient avec mon grand-père, je suis certaine qu'ils vont nous aider.

La réponse ne tarda pas :

— Le grand-père revient sur le tapis, vous êtes une spirite ma parole pour vivre ainsi avec les morts.

Elle ne répondit pas, blessée à mort. Surtout ne pas élever la voix, ne pas mendier l'amour, la filouterie des hommes n'attend que cela : voir une femme pleurer dans la rue. Elle payait ses maladresses, sa bonté. Elle payait avec un visage défait, un regard stupéfait en découvrant la noirceur d'un être. Mais plus que tout, bien plus que toute déception, elle avait en ce moment une furieuse envie de faire l'amour. Jamais encore en pleine rue elle n'avait éprouvé cette sensation.

Le cœur lourd, Éric avançait lentement. Faible enfançon, la déception était trop forte, et la vieille maintenant voulait écrire à son grand-père décédé. L'homme qui vit aux crochets d'une femme n'a rien à attendre des morts, lui-même ne pèse presque plus. Certes, cette femme à ses côtés avait *bon cœur*, mais s'il fallait baiser toutes les femmes qui ont bon cœur, la vie sur la terre deviendrait un bagne.

— Écoutez, lança-t-il aveuglé par une fureur soudaine, bonne chance pour les lettres du grand-père, si vous retrouvez la toile, je vous épouserai.

Il grinça des dents et prit ses jambes à son cou.

Oh, le plus lâche des hommes! Cette fuite était une honte. Il faillit heurter un petit arbre planté dans un bac en ciment par les soins de la mairie. Quand un lâche se sauve, il n'a pas de porte à pousser, tout l'espace l'aide à prendre la fuite. Louise éprouva un tel étonnement qu'elle demeura immobile, incapable de crier une injure. Personne n'avait remarqué la scène. Le besoin de caresses qui la hantait fit place à la honte, une honte pareille à un linge mouillé appliqué sur la peau.

Il convenait de redresser la tête. C'était pour elle une question réglée, Éric et le tableau ne feraient qu'un désormais, également haïssables, elle n'en entendrait plus parler, avec eux elle s'était engagée dans une région étrangère à la réalité. Elle s'y trouvait sans défense. Elle comprenait soudain à quel point les hommes utilisent le cœur des femmes pour mieux pouvoir les exploiter, et certaines finissent leur vie dans des asiles n'ayant plus que leurs yeux pour pleurer. Celui-là n'avait aucune fierté, il était capable de se présenter chez elle dans une semaine... L'épouser... Il avait bien prononcé ce mot. *Le saligaud !* (Injure appréciée dans la famille Lhers.) L'épouser et lui faire un enfant peut-être...

Sa chance lui apparut enfin, le tableau s'était évanoui à jamais. Elle n'éprouvait aucune pitié pour elle, mais pour cet homme incapable de lui soulever les jupes, ce que faisaient si bien les gamins du quartier trente ans auparavant. Les souvenirs d'enfance où le sexe se meut pour la première fois deviennent des joyaux dans la mémoire. Plus tard il faut déchanter.

Elle s'était remise en marche, quelqu'un la salua, elle n'eut pas le temps de reconnaître le visage enfui.

Qui était-ce ? Un héron ? Une carpe ? Des nuages sombres pesaient sur les toits, toutes les légendes y compris, les Saintes Écritures allaient dans un instant se transformer en pluie sur la terre. Comme sa vie avait été vide ! Vide et pourtant pleine de pierres lourdes. Aurait-elle été plus heureuse mariée avec six enfants ? (L'obsession absurde cherchait en vain une réponse.) Par bonheur elle n'était plus jeune, elle s'éloignerait bientôt de cette boue qui montait à l'assaut de ses jambes. Un peu de patience encore et elle vivrait la tête basse, comme une bonne dame catholique du quartier.

Brusquement l'église fut devant elle, à cette heure elle exprimait l'abandon et la désolation. La pluie recommença à tomber et la pension de famille était loin. Encore une fois elle poussa la lourde porte. Les cierges brûlaient sans le secours des larmes dans l'ombre. Les mots avaient affaire ailleurs. Elle se dit : « Maintenant ce sera pour moi le plus long et le plus pénible. » Non, elle ne demanderait aucun secours à l'homme noir assis près de l'autel. Commettre des péchés suffisait, en parler à un autre tout en noir c'était vouloir faire épanouir des épines. Le prêtre est le mouchard de Dieu.

Elle s'assit sur une chaise, la paille usée était un jardin saccagé par les fesses moites des fidèles, autrefois cette paille avait été une herbe verte au soleil. Se marierait-elle à l'église si *Galopin* réussissait à mettre la main sur le tableau ? (Elle était enragée.) S'unir à un homme devant l'autel. Impossible pour Louise de trouver la paix en pensant à ces choses terribles. Sa nature abominable souffla à son esprit une pensée incongrue : « À quel âge j'aurai ma ménopause ? » Les pensées sensuelles enracinent l'esprit dans une ivresse monstrueuse. Bizarrement l'atmosphère du lieu saint chassait en elle toute piété pour faire place à une âpre rancune. Elle avait trop besoin d'une présence sur la terre. Elle devinait que la société l'avait trompée et même pas, la société l'ignorait, elle serait bientôt rejetée dans l'oubli.

« Même les dévergondées ont des enfants, des souvenirs d'amour, moi, je n'ai rien. » Elle se tenait immobile, les yeux fermés, ses mains jointes contre son ventre, incapable de prier. Le Seigneur ne lui prêtait aucune attention, en cela il était pareil à un contrôleur de la SNCF qui ne lui réclamait pas son billet dans le couloir du train. Consciente de cela, elle aurait bien aimé se lever et partir, mais ses jambes lourdes la faisaient souffrir.

Elle veillait à ne pas faire de bruit sur sa chaise. Elle avait une peur bleue du curé, un homme sanguin à l'allure renardière aux abords d'un poulailler nocturne. Elle se faisait des *idées* comme toujours, nul ne lui accordait la moindre attention.

Des visions apparaissaient à ses yeux de la même façon qu'au Louvre les peintures encadrées d'or surgissent des salles sombres, où les gardiens sont tapis dans l'ombre comme les serpents dans la forêt. Elle pensa : « Si j'avais été une beauté, j'aurais eu les hommes à mes pieds. Ma beauté m'aurait donné la force de leur cracher au visage. » Est-ce parce qu'elle était chaste qu'elle devenait méchante ? Suprême vertige tout de même que de rêver d'amour dans une église sombre. À la longue le désespoir lui-même finit par tresser des couronnes. Par bonheur il y avait autre chose que les hommes sur la terre. Quoi ? Madame Curie avait trouvé la science, Madame Roland la liberté sur l'échafaud, Greta Garbo le cinéma, Madame de Sévigné la joie d'écrire des lettres. Elle chercherait, elle trouverait.

Il fallait vider sa tête, elle n'y parvenait pas. À cette heure, *Galopin* était rentré chez sa belle, tous deux devaient dire des horreurs sur son compte. Les buissons des cierges scintillaient. Par moments la légèreté des flammes était agitée de douces vibrations, elles se couchaient l'une contre l'autre, immobiles de désir, soumises au pouvoir d'une force rayonnante qu'on ne pouvait pas voir.

Décidément l'église inspirait à Louise des pensées stupéfiantes, elle se rappela l'histoire de cette amie qui dansait un tango à Paris, dans une boîte très bien fréquentée. Elle se donnait entièrement à la musique lorsqu'il se passa une chose absolument effrayante, le sexe de son cavalier (un babouin basané avec une cravate orange) s'était soudain dressé contre son ventre. De terreur elle avait failli hurler et s'était tout net arrêtée de danser. Elle avait repoussé de toutes ses forces la patte simiesque qui s'appuyait sur son épaule, pour prendre la fuite. De sa vie la réalité de la nature humaine ne lui était pas apparue si forte, jusque-là elle avait vécu dans des clichés et des conventions.

Elle avait foncé droit devant elle dans des rues inconnues, le visage inondé de larmes qu'elle n'essuyait pas, décidée à marcher toute la nuit quitte à mourir au matin. Des gens se retournaient sur son passage pour la plaindre. Pourquoi cette chose horrible lui était-elle arrivée ? La puissance terrifiante de ce sexe l'avait dégradée à jamais. Oh, c'était à elle qu'elle s'était manifestée, mais pourquoi, pourquoi ce châtiment ? Son cœur était toujours plein d'une mélodie délicate et ses gestes réservés à l'extrême. À ses yeux soudain, la vie n'était plus que le symbole d'une agression charnelle qui la bouleversait, la ravalait au niveau des bêtes. On l'avait assassinée en plein jour, en pleine fête. Ces voix d'hommes qui s'élevaient sous la lumière électrique étaient une malédiction. Chez elle à cinq heures du matin, après un bain bouillant, elle n'avait pas encore fermé l'œil. Était-elle ensuite entrée au couvent chez les Carmélites ? Appartenant à un bon milieu, ç'eût été facile pour elle. Eh bien non, elle s'était mariée quelques mois plus tard.

Comment de tels souvenirs infâmes pouvaient-ils venir l'assaillir en ce lieu ? Était-ce possible ? Était-il donné à d'autres fidèles de revoir des scènes dégradantes de leur vie au cours de la messe ? Pourquoi le Mal à cet endroit s'emparait-il de l'inachevé de sa vie pour la détourner du salut ? Dans le silence parfait, c'était comme une porte qui s'ouvrait en elle et quelque chose d'atrocement sensuel, obscène même, venait charger son esprit d'une mortelle menace avec une soudaineté inconcevable. Quand Louise faisait sa cuisine, quand elle lavait du linge, aucune hantise sexuelle ne venait la troubler. Jamais! c'est ici, dans le monde du recueillement et de la foi, qu'elle était troublée par des désirs, des pensées incroyables, cernée de murs rigides où pesait le lourd silence de la désillusion. Péchés et châtiments devenaient alors un espace où il n'y avait plus de place pour la prière.

Louise sentait qu'elle polluait l'église parce que sa présence, non loin de l'autel, n'était jamais pure contemplation, détachement et oubli d'elle-même mais au contraire réminiscence infiniment ressassée de fautes toujours aux aguets. Malheur à la femme qui ne sait pas faire la paix avec l'angoisse charnelle de son corps. Malheur à celle, solitaire, condamnée à un servage stérile dans sa propre nudité. Les divinités femelles de l'Enfer doivent rire et se déchaîner. Louise ne méritait pas ces souffrances, dans la palpitation de son être ses fautes faisaient partie de sa vie et de sa fièvre. Le pardon accordé par le prêtre n'avait jamais rien changé au mutisme de sa conscience. Ce pardon était une convention dénuée de signification divine. Dans l'ombre du confessionnal des monstres enfantaient des monstres, comment imaginer un Dieu capable de recenser ces horreurs? Il y avait dans tout cela une dérision, une escroquerie, une routine incapables — ô combien — d'effacer l'expérience secrète du vice dans la chair.

Dieu n'a donné à personne le droit de pardonner en son nom, Dieu ne pardonne pas, il exècre le pardon, il exècre les prêtres qui pardonnent en son nom.

Mais Louise croyait aux miracles de toute son âme, ils étaient aussi vrais, aussi inexplicables que la couleur des fleurs. Dieu faisait naturellement des miracles, il était donc capable de pardonner au pire des pécheurs. Elle se soumettait alors et demandait son pardon. Le cœur gros, l'esprit en déroute, aspirant plus que jamais à la paix avec elle-même, elle se précipitait, les membres raides, vers la sortie pour retrouver le flot de lumière dans la rue. De l'air ! De l'air ! L'espace déborde providentiellement les limites de la pensée humaine. Il lui semblait qu'elle laissait dans les ténèbres parmi les fleurs sur l'autel et les buissons de cierges, les régions de l'effroi pour se donner tout entière à la jouissance de vivre comme à l'ivresse de la beauté.

Les ombres autour de Louise s'épaississaient, mais la lumière des cierges s'exaltait avec une violence étrange par moments. Pourtant il n'y avait pas un brin d'air. Quand elle allait à l'église, Louise était prise d'une curieuse manie, elle ne pouvait pas supporter de voir un cierge éteint parmi les autres, elle ranimait tous ceux qui s'étaient arrêtés de brûler. On aurait dû appeler cette femme *Notre-Dame-des-Cierges.* Le prêtre passait lentement parmi les chaises, d'un bond elle gagna la sortie. La pensée qu'un homme puisse lui parler l'effrayait. Plusieurs années auparavant un prêtre l'avait entretenue de choses bien tournées, mais elle n'en avait nul besoin. Elle s'était éloignée à un moment dans un silence hostile.

Au-dehors, la ville ouvrait avec méfiance ses yeux fantômes. Des pièges cosmétiques traînaient dans les vitrines. Des bottes de sept lieues étaient soldées. Une chemise blanche semblait un moulage pris sur le torse d'un adolescent mort. Des pédicures faisaient de la réclame pour des pieds en pâte d'amande. Il y avait des songeries blafardes sur les murs comme des mèches blanches sur les tempes des vieillards. Maintenant la nuit était sortie de sa cachette avec la toute-puissance d'une magie familière apportant avec elle la tranquillité, l'oubli des offenses.

C'est alors que l'homme de Dieppe se montra encore une fois, il sembla sortir d'une lézarde du mur mais il devait guetter depuis longtemps. À sa vue le visage de Louise prit une expression hystérique, ses lèvres exhalèrent une plainte. Partout le silence. Sur la ville entière cet unique silence pesait comme un bouclier. Le souffle coupé tant elle était oppressée, Louise vit l'homme s'agiter avec une incongruité de spectre. Sa chemise ocrée ondula. L'invisible cordon de soie qui relie entre elles toutes les vies menacées sur la terre se tendit au milieu de la rue comme pour délimiter un espace de mort. Louise rassembla ses forces pour crier, mais aucun son ne sortit de sa bouche. Excité par la peur de la femme, le voyou eut un petit rire cruel. La terre qui le portait trembla.

C'était le même homme maudit, le même, elle le reconnaissait, plus noir que la noirceur qui se meut dans les villes à la même heure. La chose immonde entre toutes. L'homme était comme une tombe qui vomit son cadavre. Il était capable de la faire mourir de peur et pourtant il n'existait pas, elle le savait bien, il n'existait pas mais il la terrorisait. Elle le voyait. Par moments il semblait épuisé, il retombait alors dans le vide comme la peau du cou d'un dindon exposé à l'étalage. Il ressemblait ainsi à un sexe hideux. Il ne savait que jouir et transmettre à perte de vue la jouissance. Il accomplissait alors le sens impitoyable de la création sur la terre, création infatigable, avide, fécondant chaque foyer, chaque ville, fort d'un instinct demeuré intact depuis l'origine des temps.

Louise s'enfuit brusquement et la rue sembla fuir avec elle sous ses pieds pour l'accompagner. Un peu plus loin, épuisée et soufflant de toutes ses forces, elle se retourna. Il n'y avait rien. Elle était la prisonnière et la proie d'un songe hideux. Personne ne viendrait jamais à son secours. Tant de châtiments sur la terre!

Elle s'engagea enfin dans la rue de l'Oratoire. Elle était en vie. Elle vivait, honteuse de sa peur. Un homme à ses côtés, un être d'amour supprimerait la distance qui la séparait de sa propre vie. Au bout de ses forces, elle aspirait au repos. Oh! qu'un homme vienne et qu'il l'aime. Elle lui obéirait, dût-elle en souffrir. Elle se soumettrait. Les corps des bien-aimées pendent nus derrière la porte de Barbe-Bleue parce qu'ils furent désobéissants.

XX

Avec une étonnante acuité de ses perceptions, Éric sentait que Berthe cherchait à se débarrasser de lui très vite. « Dire que cette femme voulait m'épouser il y a un mois, se disait-il, je l'ai échappé belle. »

Il n'y avait qu'un lit dans l'appartement, c'était pénible la nuit, si un pied effleurait celui de l'autre, tous deux aussitôt s'éloignaient comme s'ils avaient touché une pâte gluante. Éric était honteux de ne pas prendre l'initiative de partir, mais où aller? Il cherchait un peu dans la journée. Dans l'appartement, les jeunes gens étaient comme des chasseurs à l'affût avec le sentiment que leur attente allait être récompensée d'un moment à l'autre. On se parlait bien sûr, on mangeait ensemble sur le pouce, mais l'espace était gelé entre les bouches. Le matin, en sortant du lit, ils évitaient de se regarder, mais ils ne se quittaient pas encore. Pour cela il fallait trouver des mots cruels, se faire saigner à mort. La séparation pourrait alors s'entourer d'une garantie parfaite.

Louise avait deviné juste, Éric était rentré chez lui tout de suite après sa fuite honteuse. Tout frémissait en lui, un instant il hésita à se coucher tant il était abattu, mais Berthe était capable de venir le relancer pour un moment. Elle appelait cela « remettre les pendules à l'heure ». Le tableau perdu désespérait Éric, impossible d'en parler à Berthe. Elle ricanerait, elle n'avait de goût que pour le seul rythme routinier des félicités physiques. Son esprit rejetait instantanément ce qu'elle ne comprenait pas. Depuis toujours Éric cachait quelque chose à ses proches. Or il n'avait rien à cacher, il s'inventait alors un secret dont la dissimulation le fortifiait.

Les deux pièces de l'appartement étaient vides. Pas de chaise ni de table. La main nue et maigre qui gardait les murs vivait goulûment de la lumière du jour. C'était un campement de voyageurs toujours prêts à prendre le large. Sous la fenêtre, l'unique siège, un fauteuil d'un jaune terne, avait déjà été maltraité par d'autres locataires. Dans la seconde pièce, il y avait un cheval de manège aux couleurs vives, une valise, un matelas sans sommier. Le cheval était censé décorer le vide mais il était prisonnier du vide dont le pouvoir ne s'use pas. Éric l'avait volé, de nuit, dans une foire avec un camarade. Au lieu de mettre de la gaieté dans la pièce le cheval flattait sa misère. Au pied du fauteuil jaune on voyait des bas, des chaussures de femme. Berthe ne rangeait rien, le désordre donnait à sa vie un air d'indépendance.

Éric le redoutait, voilà quatre mois entiers qu'il vivait avec elle, quatre mois pleins de divertissements teintés de dépravation. Il n'y avait à Clermont aucun foyer même rustique pour l'accueillir. Amères amours ayant épuisé plaisirs et fautes. Quatre mois de sa vie dont il ne resterait rien — non ! — il y avait eu la visite à la tante, un soir. Quatre mois passés avec Berthe, dont le corps exhalait un parfum un peu âcre pour mieux le séparer de lui-même. (L'ingrat ! elle le nourrissait.) Encore une femme qui se promenait nue toute la nuit en fumant sans arrêt un affreux tabac gris. Avec elle il était inutile de mentir, elle avait un esprit lucide et cruel qui ne rêvait jamais, étonnamment doué pour deviner vos pensées. Inutile donc d'en avoir.

Dans cette pièce vide, le garçon se mit à penser au tableau encore une fois. Il ferma les yeux comme s'il se préparait à prier dans une obscurité lumineuse. Oh, il avait besoin d'une rémission de ses peines. Docile, la peinture apparut au revers de ses paupières, elle se transformait dans son souvenir. De reflet en reflet la surface de la toile se dépassait elle-même, elle grandissait pour une quête incessante de formes nouvelles. Une ardeur excitante s'emparait de lui, voilà ce qu'il fallait peindre ! Nul n'avait encore fait cela. Peindre des images plus vraies que des visages ou alors peindre des visages comme une eau fraîche et rapide qui coule dans la lumière. Très peu de couleurs, un labyrinthe de miroirs éclairant des corps, des bêtes frileuses, peindre l'inconnu ou alors des fruits, des oiseaux, des fleurs qui n'existent pas mais qu'il faut faire vivre sans plus attendre. Ne jamais peindre le poids des choses mais leur fragilité mariée à la lumière. La réalité de la vie n'est-elle pas le songe ? Mais comment peindre tout cela sans avoir sous ses yeux le tableau lui-même ? La vision qui précède la création irradiait de lueurs, éclairant des routes, des villes, des montagnes mouvantes jusque-là captives du monde terrestre. Le ciel se vidait d'un coup pour laisser apparaître d'autres cieux, d'un vert inimaginable.

La peur de voir Berthe ouvrir la porte s'empara de lui. Elle se pencherait sur son visage simulant l'intérêt, la compassion même, et soudain elle éclaterait d'un rire méchant. En continuant à vivre avec cette femme, le souvenir du tableau ne se matérialiserait plus, elle le ferait disparaître comme une ordure. Il fallait qu'il la quitte, mais où aller ? Autour de lui la pulsation des formes finit par s'immobiliser, et ce fut bientôt un silence sans images qui l'entoura. Il reposait, il était allongé. Il venait de rêver du tableau. Il reprenait douloureusement possession de son corps. Cette Louise avait la mentalité d'une femme de ménage. Tout ce qu'on pourrait dire d'elle c'était qu'elle était indigne de comprendre le tableau. Il décida de ne plus la revoir dès le lendemain.

À ce moment une clef tourna dans la serrure, Berthe apparut comme un loup maigre déguisé en femme. Elle ne manquait pas d'allure mais il y avait en elle quelque chose d'extravagant. (Ample jupe crème, chemise vermillon avec une large encolure.) L'âme rancunière, le corps en fête, on la sentait pourtant désabusée, fébrile. Ses yeux brillèrent en se posant sur Éric. Il la regarda d'un air sombre et perdit toute contenance, c'était chaque fois la même chose, il se sentait irrémédiablement poussé à ruser, à mentir pour lui échapper.

Elle le questionna :

— Tu es sorti ?

— Non.

— Tu es malade ?

— J'ai un peu de fièvre.

— La fièvre de l'art ?

— Laisse tomber.

— Tu t'en tires pas trop mal sur ce fauteuil mais dis-moi, tu as trouvé de l'argent pour payer le loyer à la fin de la semaine ?

Il n'eut pas le temps de répondre.

— Pourquoi fais-tu cette tête ?

— C'est ma tête.

— Alors réfléchis pour le loyer.

— Écoute, dit-il soudain résolu à se battre, n'as-tu pas dit au début que tu te chargerais des frais ? Tu voulais que j'écrive un livre.

— Tu ne l'as même pas commencé !

En quoi était-elle différente de sa tante qu'il venait de quitter ? Plus âpre, plus dure. Moins ronde. Il éprouvait un respect mêlé de crainte envers les deux femmes, mais Berthe le tenait sous sa coupe. Il y avait autre chose encore, il le sut à l'instant, Berthe le détestait maintenant, Louise l'aimait. Un peu tard il comprit qu'il devait abandonner le fauteuil et se leva brusquement. Berthe, les bras chargés de paquets d'où pointait une baguette de pain, s'assit aussitôt. Sans prononcer une parole, le visage fermé, elle retira ses souliers. Les pieds nus, elle commença à les masser doucement.

Éric était fasciné par ces pieds, personne n'aurait pu croire cela : Berthe l'accusait toujours, la bouche pleine de griefs. Mais les pieds réclamaient de l'amour. Leur beauté était le grand luxe de la nudité de la femme, aucun homme encore ne l'avait deviné. L'un était le reflet de l'autre dans une symétrie parfaite. Éric pensa qu'il ne les reverrait plus désormais, et son cœur se serra. Il avait l'impression curieuse de les avoir toujours observés *en fraude*, c'est-à-dire en cachette de sa maîtresse, ils sortaient d'une neige tiède et rose tombée de nuit. Quelle surprise de les voir si légers au matin ! Était-ce de la chair ? Comment cette femme méchante et âpre pouvait-elle avoir des pieds aussi ravissants pour prendre appui sur la terre ?

Il était très humble, immobile sous le charme. Il feignait les yeux à demi fermés d'observer le parquet. Que de fois, en des jours plus heureux, ils les avaient lentement sucés, oui sucés, les introduisant l'un après l'autre dans sa bouche comme une nourriture. Mieux qu'une gourmandise. Si Berthe lisait un livre à côté de lui, s'il la chatouillait, elle repoussait son visage du talon sans prononcer un mot. Ah ! Éric aimait cela, sentir le pied s'écraser sur son visage. Mais il fallait ruser pour obtenir ce plaisir. Maintenant elle feignait de ne plus le reconnaître, mais les pieds, à la manière de jeunes chiens, se souvenaient avoir reçu des caresses de la main d'Éric. Allongés la nuit contre sa jambe nue, le consolant, l'adjurant de ne pas se disputer avec leur maîtresse, à laquelle, il va sans dire, ils obéissaient au doigt et à l'œil.

— Je crève de faim, dit la femme, je mangerais des briques.

Et comme avertie par un génie méchant et perspicace elle se chaussa. Ce qu'elle dit fut étonnant :

— Avec l'argent que tu vas tirer du tableau, nous allons pouvoir acheter une petite maison avec un jardin du côté de Versailles, à quelques kilomètres de Paris, comme ça nous n'aurons plus de loyer à payer. Qu'en dis-tu ?

Elle s'étouffa tant elle avait mordu de bon cœur dans son pain.

Il ne répondit pas.

— Tu m'entends ?

— Oui...

— Tout un soir tu m'as bassiné les oreilles avec cette peinture qui vaut d'après toi une fortune, et depuis motus. Tu es un drôle de type tout de même (elle parut attendre une réponse qui ne vint pas et poursuivit), le nom du peintre, tu n'en avais pas la moindre idée, mais tu t'es mis à courir après ma tante, tu crois que je ne t'ai pas deviné ?

Il fut vexé.

— C'est faux.

— Et tu oses dire que tu n'es pas sorti ? Menteur ! Tu mens comme tu respires ! Je t'ai vu avec elle il y a près de deux heures, vous montiez la rue du Port, je te jure que tu n'avais pas l'air malade. Je me suis arrêtée pour vous regarder... deux tourtereaux du premier âge!

Elle éclata d'un rire fou, sans joie.

Il murmura entre ses dents :

— La paix...

Il avait deviné qu'elle parlerait d'argent pour l'accabler, mais comment penser qu'elle les avait surpris en ville?

— Libre à toi de poursuivre ma tante, je voudrais bien pouvoir lui rendre l'argent qu'elle m'a envoyé dans une enveloppe, malheureusement je l'ai dépensé. Elle cache des merveilles dans son grenier, épouse-la! C'est une occasion rêvée pour un bon à rien comme toi (son agitation grandissant, elle s'était arrêtée de manger), mais d'abord une chose, ce tableau, tu l'as?

— Non, dit-il fermement, je ne l'ai pas.

— Et pourquoi?

— Elle l'a vendu.

— La connasse... et puis tant mieux, de toute façon c'était une croûte.

— Une croûte! s'exclama douloureusement Éric. Tu es incapable de voir quelque chose de beau devant toi!

— C'est ça! Tu as pris du bon temps avec moi, maintenant tu te prépares à en prendre avec ma tante... c'est à partir du moment où tu as vu ce tableau pour la première fois que tu as changé... du noir au blanc. Je ne te reconnaissais plus... attends, laisse-moi parler, tu es devenu sournois, faux jeton, ne bandant plus...

— Continue...

— Et même quand tu me faisais l'amour, tu pensais au tableau, tu n'étais plus avec moi.

— Absurde...

— Tu es malhonnête. J'ai très bien compris que tu cherchais une bonne affaire, et ça c'est écœurant... Louise est folle, elle finira ses jours dans un cabanon, c'est facile de la séduire, hein ?

— Je n'en ai pas le temps.

— En tout cas ce tableau m'a ouvert les yeux sur toi, tu es un sale type qui cherche toujours son intérêt dans la vie.

La journée avait été rude pour Éric. La nièce et la tante réunissaient leurs forces contre lui. Deux mouchardes. Deux harpies. Berthe était affreuse, il sentit la colère le gagner, son pâle visage se colora.

— Ta tante et toi, vous êtes horribles, cria-t-il hors de lui, deux sangsues de matelas ! Tout ce qui s'est passé avec ce tableau est peut-être bizarre. Quand j'essaie d'y réfléchir j'en sors étourdi comme si j'avais reçu un coup derrière la tête, mais vous êtes deux bêtes, des femmes primaires, sans la moindre culture...

Le mot culture frappa Berthe comme une gifle.

Déjà il regrettait sa sortie. Que n'avait-il pas dit ?

Berthe fut stupéfaite, le mot culture lui avait donné une sorte de choc comme s'il était la pire insulte. À sa colère contre le garçon se mêla une souffrance qui était une réprobation morale, elle l'atteignait au plus vif. Elle était primaire et sans culture, elle en avait honte soudain, mais cet être abject n'avait-il pas pris du plaisir avec elle pendant des mois ? À ces moments où était la culture ? Elle avait l'impression d'avoir été frappée au visage. En quelques secondes elle saisit tout ce qui lui manquait vraiment d'une façon irréparable à cause de sa paresse, de sa sottise comme de son instabilité. C'est vrai qu'elle vivait comme une bête, elle s'étonna de ne pas l'avoir compris plus tôt, c'était l'homme qui vivait à ses crochets qui le lui apprenait.

— Et mon cul ? cria-t-elle comme une folle, il est sans culture lui aussi ? Va dormir où tu veux, mais ne reste pas ici ce soir. File rejoindre ton tableau, je ne veux plus te voir, tu m'entends ? File !

Une curieuse altération avait envahi ses traits. Tout était fini. Éric sortit de la pièce sans prononcer un mot, il avait secrètement espéré que les choses se passeraient ainsi.

Adieu les pieds de Berthe.

XXI

Quelques jours passèrent. Louise ne parvenait pas à trouver le sommeil. Elle s'appliquait à ne penser à rien, mais les visages rencontrés continuent à vivre dans le souvenir, ils deviennent alors des pensées qui réjouissent ou usent l'âme. Le monde était vide, dans ce vide elle ne savait plus où donner de la tête. Les cœurs sensibles ont toujours l'impression d'être en faute, rien ne peut les distraire de leur aptitude à souffrir, mais les femmes sont les plus à plaindre quand on connaît la futilité de celui qui habite leur cœur. Maintenant *c'était écrit*, elle ne se marierait plus. Le maudit tableau avait tout gâché, transformant Éric en bête lâche et cupide. Qu'est-ce qu'il pouvait bien deviner dans cette peinture ? Les cornes de la lune probablement. Vivait-il encore avec Berthe ? Il était impossible d'avoir de leurs nouvelles. Sa nièce n'avait pas remercié à propos de l'argent glissé dans sa boîte aux lettres. C'était la rupture.

Bref, Louise ne voulait pas perdre une miette de son chagrin, comme si le chagrin pouvait la féconder. Elle ne pondait pas en tout cas.

Vint une journée mémorable (un jeudi, 23 avril), journée qui fut si fraîche qu'elle sembla faire place au retour de l'hiver.

Le journal *La Montagne*, qui paraît chaque jour à Clermont-Ferrand, annonça en première page une nouvelle surprenante. L'article s'intitulait : *Un trésor trouvé à Clermont.* Il poursuivait bon train :

« *Nous apprenons de source sûre qu'un portrait du Caravage, dit le Caravaggio, né à Milan en 1573, une tête de Christ a été récemment vendue dans notre ville par un antiquaire à l'un de ses confrères parisiens, de passage dans la ville. L'acquéreur M. Antoine Blondeau ne doit pas regretter son voyage en Auvergne.*

« *La toile vendue faisait partie de la collection du grand antiquaire Gérard Lhers, très connu à Clermont, disparu il y a plusieurs années. Il est vraisemblable que ses descendants n'en connaissaient pas la valeur car elle n'était pas signée. Mais par un instinct très sûr, Monsieur Blondeau, dès son retour à Paris, fit expertiser le tableau par plusieurs spécialistes dont Pierre Ruchaud. Tous furent unanimes à confirmer qu'il s'agit bien d'un Caravage. Après un minutieux nettoyage le portrait apparut avec une fraîcheur étonnante.*

« *Son réalisme lumineux comme d'autres œuvres du Milanais séduisirent les peintres italiens de la première moitié du* XVII*e* *siècle. Durant les années de sa vie agitée, le Caravage ne cessa de peindre des tableaux religieux, dont plusieurs, commandés par des congrégations, furent* *refusés par excès de réalisme. Tout fut déconcertant chez ce peintre maudit qui dut se réfugier à Syracuse à un moment de sa vie pour échapper à la prison. Ses tableaux ne cessèrent de susciter la réprobation, voire l'indignation, à l'image de leur auteur, véritable gibier de potence.*

« La toile découverte à Clermont est estimée à une véritable fortune. Nous en reparlerons à nos lecteurs. »

D'un seul coup la ville qui s'éteignait un peu en ce printemps frileux s'enflamma. Chez les notables, grands lecteurs de journaux, le rythme respiratoire fut bouleversé. Pourquoi n'étaient-ils pas plus attentifs à ce qui se vendait dans les boutiques? L'œuvre du peintre italien aurait pu leur appartenir!

Le génie, le hasard, le flair, la famille Lhers, la fortune! Une fois de plus l'Auvergne était jouée par Paris. La nouvelle réveillait des souvenirs. Tous ceux qui avaient connu Gérard Lhers autrefois parlèrent de lui comme d'un homme étonnant. On parla même des bougies qu'il allumait sans cesse, plongeant sa maison dans la nuit au milieu de la journée. L'article fut lu par tous et commenté de maison en maison. La chambre noire des paroles imprimées dans le journal laissait le lecteur sur sa faim. Gérard Lhers, un nom célèbre qu'on avait oublié, revint à la vie. Les boutiquiers maussades, marchands d'objets où s'étire le temps, parlèrent de lui avec respect. 1890, 1895, 1900 voilà des époques où l'on trouvait de la marchandise. Et sa petite-fille Louise? Elle ne devait plus être très jeune, un visage touchant qu'on rencontrait rarement en ville.

Elle dirigeait quelque part une obscure pension de famille.

Cette histoire de tableau énerva, on ne la comprenait pas. Comment cette femme avait-elle pu laisser ainsi filer un chef-d'œuvre à Paris ? Bécassine ou quoi ! Elle devait être bien punie. On la disait très riche, mais se démunir ainsi d'un trésor ! Les antiquaires de Paris qui viennent piller l'Auvergne sont des rats.

Louise ne pleura pas. Une vieille vierge sait garder une bonne tenue dans l'adversité. Elle avait mal aux seins, au ventre, cela suffisait, on ne peut pas avoir mal partout. Bien qu'elle fût pauvre, l'argent n'était pas son problème, elle était amoureuse d'un fou. Trop de mots dans cet article de *La Montagne*, on n'aurait pas dû publier le nom de son grand-père. Les journalistes respirent l'haleine des autres pour en tirer du vent dont ils font des articles. Bien sûr il faut qu'ils gagnent leur vie. À la vérité Louise avait honte. Une honte parée d'ornements funéraires afin qu'elle agisse sur l'âme. La honte soufflait dans son cœur et la fumée piquait ses yeux.

De bon matin le téléphone ne cessa de sonner à la pension de famille. La sonnerie avait l'emphase d'un drame. Les questions posées émanaient d'inconnus ou de personnes tout à fait oubliées. Même le cimetière donnait de la voix. Le malheur des autres rafraîchit la mémoire de ceux qui ne feraient pas de mal à une mouche. Mais leur curiosité les rend méchants. Une vieille amie de sa mère dit à Louise :

« Pourquoi avez-vous vendu, ma petite ? Si vous aviez besoin d'argent il fallait nous en demander ou alors nous montrer votre tableau. Nous vous l'aurions acheté. »

Louise avait envie de pleurer, elle ne pouvait pas. Les larmes viendraient plus tard avec les souvenirs. Elle avait été trop bête. Sa médiocrité l'accablait, mais elle avait rencontré un génie dans sa vie. Éric ! Elle l'entendait encore prononcer avec l'accent italien en tournant à toute allure les pages de son livre : « Giotto, non ! Carpaccio, non plus... Masolino... » Elle aurait aimé pouvoir lui demander pardon de son ignorance. Comme il avait regardé le tableau le premier soir et comme il était malheureux en redescendant la rue avec elle ! Les pensées qu'elle avait en tête (ah ! il s'agissait bien de pensées...) en marchant à ses côtés ce jour-là étaient ignobles. La chair a des rameaux noirs quand elle est nue. L'amour ! Elle voulait l'embrasser sur la bouche mais il était plein de douleur. Elle n'avait pas compris.

Une voix disait à Louise : « Courage, tu vas le revoir. » Une autre voix lui disait : « C'est trop tard. »

Malheur à ceux qui marchent à reculons dans leur propre vie, les drames, quand ils surviennent, les regardent en face. Avait-il lu l'article dans le journal du matin ? Pouvait-elle téléphoner à Berthe ? Absolument pas. Elle était seule. Si par malheur elle avançait la main quelque part elle toucherait un serpent.

Maintenant on carillonnait à la grille du jardin pour la voir. L'orgue de Barbarie des commentaires, des consolations. Comme la vie fait souffrir quand on a fait une bêtise! On lui disait : « Quelle cachottière vous faites! Vous nous avez dissimulé pendant des années un chef-d'œuvre, et le voilà parti pour Paris... »

Et pas un homme à ses côtés pour dire aux gens : « Allez vous faire foutre! »

Elle finit par se retirer dans sa chambre. Deux journalistes arrivèrent accompagnés d'un photographe. Des hommes de presse qui ressemblaient à des loups. Elle fit dire qu'elle était malade. Elle entendit : « On le serait à moins. » Et maintenant c'était une grosse dame en noir avec un clip doré qui venait aux nouvelles. Maudit Caravage. La dame s'en retourna fâchée à mort de n'avoir pas vu Louise.

Elle relut pour la dixième fois les lignes du journal : « *Ses tableaux ne cessèrent de susciter la réprobation, voire l'indignation, à l'image de leur auteur, véritable gibier de potence... peintre maudit...* » Oh, elle comprenait enfin la raison de l'angoisse qui l'avait toujours saisie devant le visage pervers du faux Christ. *Le peintre avait directement exprimé la malédiction de son âme damnée.* Caravage avait scellé son destin affreux dans sa peinture. Pourquoi, mais pourquoi son grand-père avait-il acheté ce tableau? Il communiquait la terreur, *la potence...*

Une voix lui parvint.

— Mademoiselle...

— Oui.

— Il y a deux dames qui veulent vous voir... Madame Demange, l'autre, j'ai oublié le nom...

Elle souleva un coin du rideau. Deux visages empreints d'une dignité tragique apparurent. Le sépulcre était là, fardé, bichonné, maquillé, les lèvres hideuses avec l'éclat vibrant du pot de géranium posé sur une fenêtre ruinée. L'une était son podologue, Louise usait parfois de ses soins. Elles étaient venues aux nouvelles, la conscience amoindrie mais obstinées, au bout de leurs forces. Oh ! ne pas les voir, ne plus voir personne, mourir tranquillement dans sa chambre. Cependant, les yeux pleins d'une confiance sereine, elles attendaient mortes d'excitation. Ce tableau qui valait une fortune demandait à leur esprit une tension qui outrepassait leur raison.

La cuisinière chuchota :

— Prenez sur vous, Mademoiselle... vous ne pouvez pas laisser à la porte ces dames âgées...

Le visage de Louise se crispa dans une violente grimace comme sous l'effet de la peur. « Par pitié, dit-elle, qu'on me laisse, je ne veux voir personne. Personne ! »

La cuisinière se retira. D'autres gens viendraient certainement aux nouvelles, Louise décida de se réfugier au grenier pour avoir la paix. Comme elle s'était laissé jouer par ce maudit tableau ! Très prudemment elle regarda si les visiteuses étaient parties. Oui, elles étaient parties. Désormais tout ne serait que ragots, embûches et mauvaise curiosité autour d'elle. Le tableau valait une fortune, la belle affaire ! La société entière s'enfermait dans le cachot de l'argent. L'œuvre était affreuse mais elle valait une fortune. Oh, pouvoir quitter la ville, vivre dans une maison à la campagne avec des murs nus blanchis à la chaux... plus d'œuvres d'art !

Elle se tenait à la fenêtre, appréhendant la venue d'un visiteur.

Tout était calme et pourtant attentif dans une perpétuelle écoute. Elle se sentait prisonnière du destin des Lhers et de la ville, il lui semblait que sa vie s'était passée à renoncer à l'amour, et pourtant elle l'avait attendu à cet endroit.

Pourquoi les hommes s'étaient-ils toujours éloignés d'elle ? Comment eût-elle refusé son cœur à celui qui le lui aurait demandé ?

Tandis qu'elle refermait doucement la porte de sa chambre pour gagner l'escalier qui montait au grenier, la cuisinière revint à la charge, Louise la regarda avec des yeux anxieux.

— Monsieur Éric, annonça la femme.

Comme il est difficile de cacher son secret aux subalternes comme à ceux que l'on paie pourtant de bon cœur... Il y eut une sorte de sourire moqueur sur le visage de la cuisinière.

— Faites-le entrer, dit Louise tout bas, mais son cœur était plein de joie.

Elle le savait bien qu'il reviendrait. Les noms aux clochettes d'argent résonnèrent dans sa tête : Giotto... Masalino, Masaccio... et l'autre, celui qui s'était enfui à Syracuse... ah ! Caravaggio...

XXII

Comment avait réagi le génial amoureux du chef-d'œuvre italien en lisant lui aussi de bon matin l'article paru dans *La Montagne*? (Il avait acheté le journal pour lire les offres d'emploi...) Il se répétait, exaspéré, certaines phrases du journal en y ajoutant des mots insaisissables, des injures. (L'une obscène, épouvantable, que nous ne pouvons pas écrire.) Pauvre garçon ! Allait-il *racheter une conduite*, comme disaient les grands-mères d'autrefois ? Oh, risible Éric Thuillier ! Il a maigri, les ailes de son nez se pincent. Amant en service commandé, décorateur raté, il n'a plus un sou. Il y a trop d'explications à son échec. Ligne par ligne il relit l'article de bon matin.

Méchanceté de la vie
Jobardise de la vie
Tohu-bohu de la vie
Justice de la vie.

Que voulaient dire ces stupides commentaires

publiés dans *La Montagne* à propos de la personnalité du Caravage ? C'est de la morale ou d'une œuvre d'art qu'il est question ? Lui aussi était seul. Comme Caravaggio. Personne sur la terre ne verserait une larme en le plaignant. Toute cette histoire lui faisait l'effet de s'être déroulée dans une autre vie, c'était si extraordinaire d'avoir failli gagner une fortune et d'être sans un sou. Les voleurs comprendraient la situation mieux que les juges, fonctionnaires pourvus d'un traitement. Sa conduite avait été pitoyable, mais que pouvait-il faire ? Cette ville le rendait malade de tristesse, comment la quitter ? avec quel argent ?

Tout ce qui s'était passé appartenait à une fantasmagorie qui l'effrayait. Était-il devenu le rêve vivant d'un tableau, était-ce lui, Éric, qui animait le grain de la toile ? Il se sentait raisonnable, sans la trace d'une équivoque folie. *La Montagne* elle-même, si savante sur le Caravage, ne se doutait pas de ce qui s'était passé à Clermont. Personne ne le saurait jamais. Comme le Caravage il était lui-même un gibier de potence, un être qui prendrait la fuite un jour pour échapper à la prison. Mais il est des misères qui mettent en valeur la personne, elles exigent des sacrifices et, pourquoi pas, une force morale qui ne s'obtient pas sans souffrance. Qu'importe la prison quand elle découvre de nouveaux liens avec le monde ? Ainsi, ce qu'il avait vu dans le tableau, le nouvel acquéreur l'apercevrait-il comme lui ? Où trouver l'adresse de Monsieur Blondeau antiquaire à Paris ? Oh, il devait le rencontrer au plus tôt.

Beaucoup, beaucoup de questions. Il se sentait fatigué, berné, terrassé par la colère et les regrets. Sa culture, son instinct, il s'en faisait maintenant des raisons de mépris, avec eux il n'était pas plus avancé qu'un terrassier sans un chantier. Et surtout, allait-il revoir Louise ? Tout de même non ! Pas cette salope ! En ce moment lisait-elle l'article du journal comme lui ? La troisième lecture lui fut si pénible qu'il dut se résoudre à fermer les yeux, de toutes ses forces il fit du journal une grosse boule de papier. Avec elle, allumée par une flamme, il aurait voulu pouvoir incendier Clermont. Tant de malchance ! Désormais il vivrait tête baissée dans un coin, le tableau deviendrait une rêverie. Il l'oublierait. Était-ce possible ? Pour rien au monde il se mettrait en avant en racontant son histoire. Dans ce cas il se prêterait au ridicule.

Dans l'article l'allusion à la valeur du tableau le faisait souffrir. Qui aurait été désintéressé jusqu'au bout à sa place ? Né de calculs précis, l'argent devient monstrueux quand il nous échappe par hasard. Son pâle visage avait cette séduction morbide qui plaisait tant aux femmes, sensibles au destin malheureux d'un homme viril et beau. Il décida soudain de se rendre tout de suite chez Louise. Mademoiselle Lhers lui devait bien quelques explications. (Non, dans ce flou incandescent de chef-d'œuvre, de hasard, d'argent, d'amour, elle ne lui devait rien.) Il pensa : « La garce va me suivre, nous allons demander immédiatement des compensations au tribunal. » Quel lutteur ! Rien ne l'empêcherait de poursuivre le combat. Était-ce chose possible ?

Il vivait chez un camarade qui l'avait recueilli, un gros garçon morose et doux qui végétait dans une galerie de Clermont. (Galerie d'art, attention, piège, abstractions garanties cousues main, broussaille et nuit.) Il chercha une chemise blanche dans l'appartement pour se présenter à la pension de famille. Il trouva la crasse. Pas même du cirage. Il avait besoin d'être net et soigné, s'il se présentait négligé on le mettrait à la porte. L'article du journal avait dû réveiller des démons en ville. Il ne trouva qu'un polo délavé dans un tiroir, il lui allait beaucoup mieux qu'une chemise blanche. Il avait une élégance frondeuse, agaçante mais réelle.

La mine fière, haïssant la misère et les besognes rugueuses, haïssant les bourgeois, la morgue des riches, la fornication besogneuse, les avenues à Versailles, les femmes nues de Renoir, la musique d'orgue, haïssant les robes des avocats et des juges, les casinos, les lunatiques, le tic-tac des réveils, les robinets qui coulent, les allusions grivoises, il se mit en route.

Les premiers mots qu'il prononça firent une impression profonde sur Louise. En vérité ils furent admirablement choisis et vinrent spontanément à ses lèvres. Ses yeux brillaient d'une lumière d'orage.

— En perdant la confiance que nous avons l'un dans l'autre nous serions indignes de nous être rencontrés un jour.

Pompeux ? Peut-être, mais son visage pâle fit merveille.

— Ah ! dit-elle, c'est bien vrai.

— Ce qui nous lie n'est pas contre nature, Louise, sincèrement, qui ai-je trompé dans cette affaire, à qui ai-je fait du mal en aimant ce tableau ? Personne ne l'avait vu à part vous. Je mens peut-être ?

— Non, souffla-t-elle après un silence.

— Ai-je volé quelqu'un en disant qu'il était de la main d'un maître ? Rappelez-vous... Je me fichais drôlement de sa valeur, vous savez... je l'aimais, c'est tout. Franchement, j'avais l'impression que vous ne me compreniez pas. Vous refusiez de m'écouter.

— La façon dont vous vous êtes sauvé, rue du Port, m'a fait mal.

En disant cela elle eut un air affligé avec ses bons yeux de chienne fidèle, c'était un ange de la seconde jeunesse, la meilleure de toutes, belle avec son teint de lait écrémé, ses gros seins, ses petits pieds. Elle était lourdement pieuse, confiante, absolument insoucieuse des famines à venir (sachant bien qu'elles viendraient). Une femme inquiétante (mais pourquoi ?). « Dieu sait qui a été son amant », pensa Éric. À peine distante, à peine rancunière, à peine raffinée, à peine grosse. À peine si le temps avait glissé sur elle. Encore une belle femme à déménager de nuit ! Le repousserait-elle ? Il restait immobile et tendu, regardant droit devant lui, les yeux fixes, sévère, déconcertant avec quelque chose d'insensé et de sincère.

— C'est vrai, dit-il enfin, je me suis mal conduit avec vous. Je vous demande pardon.

Le cœur de Louise battait si fort qu'elle fut incapable de parler. Son front se plissa. Éric était là bien sûr mais il lui parlait encore du tableau. Jamais, jamais elle n'en verrait la fin. Le tableau créait entre eux un rapport démoniaque qui jetait une ombre sur sa vie. Ses yeux s'emplirent de larmes.

Devina-t-il ce qu'elle éprouvait ou était-il encore lui-même sous l'effet de l'article qu'il venait de lire ? Eut-il pitié de la femme démunie ou de lui-même ? Ou encore, fut-ce le dépit affreux de savoir qu'un certain Blondeau possédait maintenant son tableau ? Fut-ce l'émotion d'être certain qu'il serait bientôt à la rue, sans moyen pour regagner Paris ? Ce fut extraordinaire, il se mit à pleurer à chaudes larmes. Cela ne lui était plus arrivé depuis l'enfance.

Au même moment la souffrance étreignit le cœur de ces deux êtres. Ils se dévisagèrent avidement, surpris et heureux, chacun étant le témoin du chagrin de l'autre. « S'il pleure, c'est qu'il m'aime », se dit Louise. Quelques minutes passèrent. Quel bonheur soudain ! Des mots affluaient paisiblement aux lèvres d'Éric, il trouvait la scène cocasse et déjà il ne pleurait plus. Louise était bien meilleure que Berthe, il fut assez lucide pour le reconnaître.

« C'est la seule femme qui me reste, se dit-il, je veux changer de conduite avec elle. Elle a un cœur d'or. »

Il était même capable de comparer les corps des deux femmes, de saisir à la fois les avantages et les inconvénients de chacune dans leurs déplacements. Le mouvement, les expressions et même les odeurs. Tout fut enregistré, médité en un instant.

Le monde des femmes était une énigme dont la solution lui était donnée comme le bleu du ciel lorsqu'il ouvrait sa fenêtre, le matin.

Ni l'un ni l'autre ne firent allusion une seule fois à l'article du journal. La délicatesse de leurs sentiments était nécessaire pour répondre aux scandaleuses informations dans lesquelles le nom des Lhers avait été jeté en pâture au public.

— Vous avez mauvaise mine, dit-elle, vous êtes pâle.

— Ça va... rien n'est encore perdu, vous prendrez la décision qui vous plaira, car c'est vous qui êtes concernée... vous seule, Louise.

Encore le tableau ! Pourquoi elle seule ? Elle se garda bien de répondre en lui offrant une cigarette. Il l'accepta en poursuivant fermement :

— Nous ne pouvons pas accepter ce qui s'est passé... ce serait folie de votre part de vous résigner. Ce serait même dégradant. Beaucoup de gens ici ne comprendraient pas. D'un point de vue juridique vous n'étiez pas informée de ce que vous vendiez. C'est normal. Votre bonne foi sera prouvée, il y a des tribunaux en France. Maintenant je vous prédis une chose : le tableau va changer de propriétaire à bref délai. Le Blondeau à Paris va se dépêcher d'exploiter un filon d'or. La pire chose qui puisse nous arriver c'est que la toile file en Amérique. Dans ce cas, il faudra en faire son deuil. Actuellement si nous n'avons pas gagné nous n'avons pas perdu non plus.

— Seigneur ! je suis si lasse, que voulez-vous que je fasse encore ?

— Réfléchir... bien savoir que rien n'est définitif. Tout peut être plaidé, c'est une question d'avocat bien plus que de justice. Nous aurons pour nous l'opinion... ensemble nous nous donnerons du courage.

Elle sentait une cajolerie venir de son corps, elle eut honte de sa détresse, elle luttait contre l'envie de lui demander pardon de sa conduite passée, elle seule était coupable d'avoir la première vendu le tableau.

À un moment demander pardon à l'homme aimé pour une faute commise envers lui accroît furieusement le désir sexuel, qu'est-ce que la femme peut offrir de meilleur que son corps pour obtenir sa grâce ? La pauvre Louise eut grand-peine à ne rien laisser paraître de son trouble.

— J'ai si honte de vous avoir déçu, dit-elle, vraiment, je ne vous ai pas fait confiance, mais tout cela était trop extravagant... j'ai perdu la tête. Ah, je vais vous dire la vérité, le tableau me faisait peur !

— Peur ?

— Oui. Il me répugnait, il fallait que je m'en débarrasse... sachez au moins les faits. Quand il m'arrivait de regarder cette peinture, j'y voyais certains jours une tête méchante. Bien sûr c'est moi qui m'imaginais ces choses, je le sais. Mais je voyais la tête bel et bien. Je n'ose vous le dire, elle s'animait et je la gardais un moment sur ma rétine humide... je n'aimais pas cela.

— Allons donc, protesta Éric, il fallait m'en parler tout de suite, je vous aurais appris à regarder le tableau !

Pour la première fois il avait repris un ton d'enthousiasme véhément.

— Un fou aurait claqué des dents devant la peinture parce qu'il aurait vu sa propre folie, mais vous qui êtes bonne, car vous êtes profondément bonne, Louise, comment pouviez-vous voir un homme méchant vous apparaître ? Moi au contraire de vous, j'y ai vu les plus beaux paysages du monde... La beauté... absolument la beauté... on la connaît mais on ne sait rien d'elle, on la reconnaît... Qu'avez-vous besoin de vous compliquer la vie avec des gens méchants ?

Elle fit un geste las.

— Tout ça est passé maintenant, ça n'a plus d'importance.

— Alors vous acceptez d'avoir été volée ?

— Non, bien sûr... mais c'est un gibier de potence qui a peint le tableau.

— Des histoires ! On écrit n'importe quoi pour salir le génie. S'informer aujourd'hui c'est chercher à avilir. Vous vous êtes tourmentée toute seule...

— Peut-être...

— Il faut avoir du caractère pour repousser tout de suite ce qui se présente à nous de mauvais chaque jour. Écoutez Louise, il y a la vie qu'on est obligé de vivre avec les autres et il y a celle que chacun vit pour soi. Ces deux vies ne sont pas les mêmes. Alors aidez-vous, donnez-vous la paix.

Il avait raison, mais elle ne parvenait pas à comprendre comment la vue d'un objet précis, parfaitement perceptible à l'œil, était capable de faire surgir simultanément des images différentes aux yeux des gens. Il y avait là quelque chose d'incompréhensible qu'elle se refusait à admettre si bien qu'elle sentit son esprit s'engourdir.

Éric comprit qu'il était inutile de continuer à lui parler du tableau, toute cette histoire était trop obscure. Et lui-même, qu'y avait-il derrière son assurance ? Le tableau n'obéissait pas aux lois naturelles. Essayer d'en parler c'était devenir charlatan !

Un nouveau journaliste sonna. Louise refusa de le recevoir mais, cette fois, avec quelle autorité ! Un homme était à ses côtés, elle éprouvait un lien de fraternité virile dans son amour pour lui.

Elle fit servir un repas froid sur un plateau. Éric n'avait pas faim, il dévora. « Inutile de palabrer pendant des heures avec elle, se dit-il, tant que je ne la baiserai pas je n'arriverai à rien. Dans le tableau elle n'a pas vu une tête mais un signe lui faire des grimaces, pourquoi pas ? Une sainte y verrait peut-être un pédé et une fille un martyr de l'Église. Nous sommes chacun une porte fermée et la clef est sur la porte. »

Il fut fier d'avoir pu pleurer un moment plus tôt, il n'aurait jamais cru être capable d'avoir tant de cœur. Dans quelle sauce tremperait-il demain avec Louise ? Il n'y avait pas de raison pour que de telles émotions s'épuisent.

Louise revint le voir, elle s'aperçut que le plateau du déjeuner était vide. Elle disparut et revint aussitôt, apportant sur une assiette une tranche de viande froide et un morceau de cake.

En mangeant de bon cœur Éric reprit confiance en son étoile.

Assise à un mètre, Louise le regardait, elle pensait : « S'il y a un Dieu, il est fait pour des femmes malheureuses comme moi, pas pour des saintes. Dans un mois il aura peut-être oublié son tableau. Il faut que je me dépêche, il va se faire tard pour moi. De toute façon, Dieu est seul à l'église et moi je suis seule la nuit dans mon lit, il doit me comprendre plus que n'importe qui. Je n'ose pas demander s'il loge encore avec Berthe... »

Il sursauta, achevant son cake, Louise lui parlait :

— Et Berthe ? Vous ne m'avez pas dit comment elle a pris la chose.

— La chose... ?

— Eh bien, l'Italien... Cara...

— Caravaggio... je ne la vois plus du tout.

— Vous avez meilleure mine que lorsque vous êtes arrivé... il faut devenir raisonnable.

— C'est trop tard, je ne changerai pas, d'ailleurs je ne serais pas plus heureux.

— Il s'agit de rendre les autres heureux.

— Je sais qu'un jour je reverrai cette peinture, je connais maintenant le nom de son propriétaire. Avant de voir pour la première fois le tableau chez vous j'étais un homme perdu, je n'avais pas de but. Ça va mieux maintenant... je suis comme un hibou dans un arbre. Tout seul dans la nuit. Ce qui est curieux c'est que je n'ai jamais rien fait de bon, aussi quand je suis puni je trouve cela normal. Je ne dis jamais de choses grossières, mais certains diraient que je suis doué pour faire l'amour.

Pourquoi disait-il cela ? Il se tut, regrettant ce qu'il venait de dire.

— Parlez-moi encore de vous, dit Louise, son cœur battant doucement.

— Méfiez-vous de moi, je suis un sale type, je vous préviens honnêtement. Je me suis souvent roulé dans la fange et je lui ai trouvé un bon goût. Le Christ a connu l'abandon, moi j'ai toujours trouvé de la compagnie. Il y a des gens qui disent que je suis un monstre, c'est pour cela que j'ai besoin d'un cœur tendre et bon. J'aurais aimé être curé pour prendre une femme à l'église dans le noir du confessionnal. Dieu ne s'intéresse pas à ces choses. Il n'est ni moral ni moraliste. Vous voyez, je vous dis tout. J'ai été réformé par l'armée, ma constitution n'est pas robuste, il paraît que j'ai un souffle au cœur.

Il hésita pendant quelques secondes, puis il poursuivit :

— J'aime niquer les femmes qui ne sont pas intelligentes. Elles sont meilleures que les autres.

Une honte ! Louise eut grand tort d'éclater de rire comme une sotte. Elle demanda (était-ce bête après les déclarations qu'elle venait d'entendre !) :

— Êtes-vous croyant ?

— Oui, mais Dieu n'est pas ce que nous pensons de lui. Il est ailleurs. Nous n'avons jamais été informés à son sujet, tout est supputations, espoir. Ses bienfaits sont des occasions de douleur pour nous. Je ne suis pas certain qu'il préfère les hommes aux fourmis. C'est parce que nous vivons au plus bas que nous avons inventé le Paradis.

Il se tut.

— Je vous écoute.

— Dieu n'est pas encore, mais il m'arrive de prier pour le réchauffer, aider à sa venue, il est très loin. Si chacun de nous priait, il viendrait peut-être. Juste avant la disparition de notre univers il viendra.

— Avant de voir toutes ces choses dans le tableau, vous en aviez vu d'autres ?

— J'aime voir cette extase qui s'empare à un moment des chiens quand ils se prennent dans la rue, à côté d'eux toutes nos actions, tout ce que nous disons est faux. Les Russes disent que Dieu est dans les bêtes... — il s'arrêta quelques secondes et reprit : — le tableau vaut des millions Louise, vous avez perdu des millions, pensez-y sérieusement, moi je m'en fous, mais vous vous êtes conduite comme une dinde.

Elle eut envie de demander : « M'aimez-vous quand même un peu ? » Elle n'osa pas. Oui, elle était une dinde, elle voulait bien qu'il la mange.

XXIII

Les annuaires concernant les abonnés au téléphone de la ville de Paris ne manquent pas à Clermont, Éric n'eut aucun mal à trouver l'adresse du propriétaire du tableau, Monsieur Antoine Blondeau, antiquaire, 53, rue de La Boétie. Cet homme ! En pensant à lui Éric sentait le flux et le reflux du sang dans son cœur. Comment peut-on nourrir tant de haine au nom d'un espoir radieux ? Éric savait bien qu'il devait traverser un désert avant d'arriver au Palais des Merveilles gardé par le dragon Blondeau. Revoir, revoir la toile ! Chaque journée qu'il vivait loin d'elle était une flamme qui s'éteignait avant le coucher du soleil. Il lui fallait alors fournir le même effort que la veille pour attendre la nuit.

Il s'imaginait demander à la secrétaire de l'antiquaire : « Puis-je voir Monsieur Blondeau ? » Elle lui répondait, condescendante : « De la part de qui ? » On ne pouvait pas prévoir la suite. Laissons cela. Il n'avait fait que perdre dans la vie. Perdre toujours. Encore perdre, que n'était-il un petit garçon pour tout recommencer ? Il travaillerait à sa gloire, il ne chercherait plus la compagnie des femmes.

Comme nous voulons être heureux ! Nous regardons fixement ce qui masque notre vue et nous ne savons pas que c'est nous-mêmes, nous-mêmes obstacle et pierre butée, nous-mêmes penchés sur un reflet muet, dérisoire, alors que l'issue secourable était si proche, béante, étonnée d'être déserte. Éric comprenait cela bien tard, ce qui l'écrasait n'était pas une force hostile mais, dans son être, une faiblesse avec le temps pareille à un cancer. Et tout devenait irrévocable comme le calcul impitoyable d'une machine. Les choses si simples au départ se compliquaient, furieuses de l'être, elles se révélaient bientôt hostiles. Mais comprendre ces choses c'était accepter qu'elles nous tuent, il ne faut pas les comprendre, il faut vivre.

Allons, soyons gais, le pâle garçon va peut-être racheter une conduite. Il est sincère, il est resté un enfant. Il voit ce qui demeure caché aux autres. Tout vibre en lui et va *crescendo*. Il fait partie de ces êtres qui font chanter les ténèbres avec une instantanéité quasi magique. C'est là quelque chose qui demande des dons. Et surtout, surtout, n'est-ce pas une chose merveilleuse d'avoir toujours été aimé par une femme ? Tant d'hommes sains d'esprit, éminents polytechniciens n'ont pas connu sa chance ! Louise, cœur d'or, retenait son souffle pour le regarder, elle lui achetait de la vitamine C, du magnésium Glycacolle, du Forvital, du chocolat « noir » et de bonnes choses trouvées dans un *delikatessen.*

D'un commun accord ils ne parlaient plus de la peinture (enfin!), à la place quelque chose de grave restait constamment en alerte entre eux. Même enfermé dans un cercueil de plomb le garçon était persuadé de revoir le tableau. Si seulement il avait eu la bonne fortune d'avoir des amis, un peintre surtout pour parler technique, discuter des hallucinations plastiques. (Car l'art est surgissement, apparition.) Mais seul un artiste envoyé par Lucifer aurait pu lui apprendre quelque chose sur ce qui s'était passé. Mieux valait donc ne rien savoir et vivre. Quand elle voyait le front du malheureux buriné de rides, Louise lui demandait :

— Qu'est-ce qui te manque, chéri ? N'as-tu pas la paix pour travailler à ton livre ?

— Si, répondait-il, je n'ai jamais été aussi heureux.

Il mentait, elle voyait bien qu'il mentait. Elle avait envie de pleurer. (Elle pleurait dans la cuisine.) Elle s'en voulait beaucoup de ne pas être capable de lui faire oublier le maudit tableau. Si seulement il se mettait à travailler à un livre mais il n'était pas inspiré. Elle lui avait ménagé au deuxième étage de la maison (juste en face du fameux grenier) une douillette retraite, un vrai cabinet de philosophe, mais la nuit ils partageaient la même chambre. (Depuis, les hallucinations de Louise avaient disparu.)

Dans la journée, il continuait à prendre des notes dans les bibliothèques de la ville en vue de l'étude qu'il s'était promis d'écrire sur la peinture italienne. (Peinture de virtuoses, de propagateurs zélés de la religion apostolique et romaine.) Mais impossible de faire tenir le portrait de Caravaggio dans une étude. Il fallait lui consacrer un livre où se mêleraient la hardiesse réaliste et le désespoir de l'imaginaire. Ah ! le livre deviendrait alors un roman. Pourquoi pas un roman ? Quel exutoire ! Quelle confession médiumnique d'un état d'âme ! Car le roman à lui seul mérite le voyage parmi les fantasmes, son déroulement équivoque ménage à l'esprit une position de choix pour dresser le portrait d'un rêveur sans embonpoint (c'est-à-dire sans notoriété). Éric renonça au ronron d'une analyse classique sur l'art et s'appliqua à l'ébauche d'un roman. Il trouva tout de suite le titre : *Le tableau.* (Ah ! c'est un peu court.) Qu'importe ! Certes, le roman use, comme l'écrivait Mauriac dans son journal, mais il a besoin d'amour, d'aventures, de peau pour exprimer avant tout une expérience vécue dans l'énigme du monde.

Aucune information nouvelle n'avait filtré à Clermont sur le sort du tableau. Ce silence était étrange, quelque chose devait se produire. Éric lisait chaque jour *La Montagne.* Si avide de nouveautés, Paris avait-il déjà *digéré* Caravaggio ? Aussi la nécessité d'un voyage à Paris s'imposait de plus en plus à l'esprit du garçon. Coûte que coûte il devait aller aux nouvelles, échapper aux vitamines comme aux bonnes caresses de Louise. Il parlerait sincèrement à

Monsieur Blondeau, il finirait bien par savoir si les visions des uns et des autres devant la toile coïncidaient avec les siennes. Était-il le seul au monde à voir autre chose qu'une tête de Christ ?

Quand il se recueillait pour rafraîchir ses souvenirs dans un ralenti de rêve, il lui semblait qu'il émanait de la toile une vibration légère comme le battement de cœur d'un nouveau-né, mais autre chose encore, les limites de la toile s'inscrivaient naturellement à l'intérieur d'un cadre noir et rigide, or elles devenaient fluides et parfois même elles s'élevaient en pleine expansion. Comment expliquer cette randonnée aberrante ? Oh, il se souvenait, comme il se souvenait de cet instant merveilleux où il avait connu pour la première fois la maîtrise de lui-même. Le tableau l'enfantait et il enfantait lui-même le tableau. Il avait vu des petits chemins dans la campagne, des fermes, à un moment le brasier maléfique d'un incendie comme dans un triptyque de Bosch. Et pourtant, la vision envoûtante aboutissait à la fin à une sorte de pesanteur paralysante dont la chaleur épuisait l'esprit.

Éric se disait alors qu'il existe peut-être dans le monde des tableaux dont la vue régulière donne à la longue des cancers aux gens qui les possèdent tant le peintre a imprégné la toile de son angoisse et de sa rage de vivre. On ne sait rien de l'origine des maladies. « Peu m'importe de perdre la raison si je suis heureux, se disait-il, puisque j'ai toujours été angoissé par des calculs justes. » Bien sûr, étant donné ce qu'est le monde, il vaut mieux ne pas être fou. Il avait écrit deux fois à Monsieur Blondeau l'antiquaire. Admirables lettres pathétiques, mystiques. Des sortes de poèmes où la singularité de ses souffrances prenait une solennelle importance. Lettres de fou se justifiant avec une incroyable imagination amoureuse. Lettres d'un roi en exil qui réclame son trône au peuple et menace de se donner la mort. Éric les déchira l'une et l'autre, et il fit bien. (Le sieur Blondeau les aurait lues au cours de soirées mondaines.) Le lecteur saura qu'Éric suppliait l'antiquaire de le prendre sans gages à son service, afin de ne plus s'éloigner du Caravaggio.

Loulou (il appelait ainsi Louise), toujours prête à donner et à recevoir des caresses, devenait frigide dès qu'il commençait à l'entretenir du tableau. Il fallait donc se taire. Vivre pour lui seul l'extraordinaire, l'effrayante irréalité du tableau. C'est l'haleine d'un secret qui nous fait vivre, mais c'est elle aussi qui peut nous tuer. Sa gorge était sèche, ses yeux brûlaient. Il maigrissait. Parfois il secouait la tête, marmonnait, prenait le large en fixant le sol. Il vivait à l'écart dans la pension de famille, soucieux de n'incommoder personne. Comme il était toujours grave et distant, on le respectait. Il restait des demi-heures entières devant une page blanche sans écrire. Écrire quoi ? Dans une étreinte noire l'angoisse répugne aux mots.

Louise s'inquiétait. Dieu sait si la pauvrette avait longtemps attendu un homme, il en était venu un enfin avec, dans la nuit, d'authentiques remous de luxure pour lui plaire, mais son esprit était prisonnier du chagrin. Certes, il était tellement intelligent ! Il comprenait, il devinait tout. Elle l'admirait, elle l'aimait. Elle ne le comprenait pas mais elle l'aimait si fort, regardant à la dérobée sa belle tête grave et détournant la sienne pour ne pas donner à Éric l'impression d'être observé. Ne voyait-il pas qu'elle était à ses côtés, belle et douce, cherchant à le distraire ? Tous les deux étaient bien isolés dans la ville, mais qu'avaient-ils besoin de compagnie ? Seules les caresses étaient bonnes et fermes. Louise demandait : « Tu as connu beaucoup de femmes à Paris ? » Il ne répondait pas.

Mais entre ces deux êtres il y avait le tableau. Chacun le savait. Toujours aucune nouvelle sur le journal. Éric ne supportait pas l'idée que la toile se négociait en ce moment à Paris. Déjà elle avait dû changer de mains. Il en était sûr. Quel était le nouveau propriétaire, à combien s'élevait la transaction ? Il n'osa pas demander de l'argent à Louise pour *monter* à Paris, il savait qu'elle n'était pas riche. Elle ne pouvait s'empêcher de lui en donner. Il le prenait, nullement embarrassé. Quelle mélancolique habitude d'accepter toujours de l'argent de la main des femmes...

Une chose terrible, Louise ronflait la nuit. Irriguée de sang rose la chair si blanche prenait feu soudain. Impossible de la toucher. Louise soutenait que tout le monde ronflait. Jamais, au grand jamais Éric n'avait connu pareille mésaventure, et Dieu sait s'il avait partagé le pain bénit de la nuit avec des femmes différentes. Quand elle ronflait de toutes ses forces il se sentait persécuté et maudit. Absolument maudit. Cela ressemblait parfois au râle inaudible de la mort, un acheminement très lent et obscène vers l'enfer. Il était épouvanté. Ce bruit sanctionnait son échec sur la terre, il montait lentement de la gorge s'échappant d'une forêt touffue, cherchant une issue dans l'effroi. Délivrance et oppression se confondaient, reliées entre elles, s'engageant l'une et l'autre vers des hauteurs sonores, sans cesse en mouvement. Et puis tout s'apaisait brusquement dans un silence bienfaisant, les bruits de la vie se recueillaient un instant, échappant à tout devoir, à tout souvenir comme à toute certitude humaine. Le ronflement hésitait dans ses efforts, impressionné peut-être par la clarté inondée de lune dans la chambre puis, usant d'ondulations montantes et descendantes, il repartait de plus belle ayant repris des forces, partant à l'assaut d'une citadelle imprenable, lisse et sans prise. C'était alors un braillement furieux et presque injurieux engraissé du bon sommeil de la femme. On eût dit le souffle affreux d'un animal énorme qu'on égorgeait dans les draps, mais l'heure de la retraite sonnait encore une fois, le vacarme retournait au silence des étoiles tremblantes au-dessus des toits.

Pauvre Éric ! Comme il était puni ! Comme l'homme peut vivre le bagne dans un bon lit à côté d'une belle femme. Immobile dans les draps il était saoul de fatigue ! Il lui arrivait de donner un furieux coup de reins sur le matelas pour rappeler à l'ordre la dormeuse. La protestation avait été entendue, mais le répit était court. Comme s'il obéissait à nouveau à des sollicitations lascives pressantes, le ronflement aboyait cette fois, il beuglait avec une force effrayante. Énergie de quel aimant ? Le meurtre, l'immolation menaçaient Éric. Quand cette malédiction allait-elle cesser ? Au petit matin il s'endormait enfin. Il lui arrivait alors de se sentir menacé par une catastrophe imminente.

Nous sommes morts et pourtant notre cœur bat. Nous avons envie de crier, et notre bouche demeure fermée. Nous n'aimons pas, mais nous faisons l'amour. Nous nous enfermons dans un placard pour changer d'air.

Nous arrosons consciencieusement des plantes vertes mais le désert est dans notre cœur. Le matin nous faisons notre lit mais il est défait dans notre tête toute la journée.

Seuls nous sommes heureux mais nous avons besoin d'un autre qui nous apporte la souffrance. Je rêve que je dors, cela m'empêche de dormir.

Telles étaient les pensées d'Éric pendant la nuit.

XXIV

N'importe quel jeu de machine à sous peut exercer une véritable fascination sur l'esprit d'un être faible. Il faut se dire que c'est un jeu et ne pas se montrer trop perplexe ou méfiant vis-à-vis de lui. La patience donne à tout acte une limpidité. Louise se disait : « Tôt ou tard il oubliera, et alors il vivra comme tout le monde. Je serai tranquille. »

Mais Éric, trop longtemps immobile, l'inquiétait. Parfois, mi-complaisant, mi-désespéré, il parlait du Caravage à sa compagne. Elle n'aimait pas ce délire, au bout d'un moment elle se réfugiait dans sa chambre pour pleurer. Elle savait faire de la douleur un jardin, les larmes étaient comme les cierges qu'elle allumait dans les églises. Mais les ténèbres irrémédiablement triomphent du cercle de lumière. La solution n'était-elle pas de se rendre à Paris afin que le malheureux à la vue du tableau se détache enfin de lui ? Dans le monde muet de son rêve il ne le reconnaîtrait plus. Admirable Louise. Bonne, bonne Louise, elle voulait se battre à mort pour son homme. Elle téléphona à Monsieur Blondeau, rendez-vous fut pris à Paris, en apprenant la nouvelle, le visage d'Éric reprit un peu de couleur. Et les voilà attendant d'être reçus par l'antiquaire. La secrétaire, un ange frêle et blond aux yeux fardés à mort pour séduire un tueur à gages en cavale, les pria d'attendre un instant. Monsieur Blondeau téléphonait à New York. (Naturellement New York.) Éclairage parcimonieux mais de beaux sièges. Éric, mal ficelé, le visage usé (mais quelle beauté!), était l'image même du drogué repenti accompagné par sa maman chez le docteur, il s'assit sur un petit fauteuil couleur vert émeraude.

Il avait peur et c'était dommage. La peur donne du ventre à la malchance. Il avait trop aimé, trop souffert. (Trop vécu ?) La fumée des cigarettes qu'il avait emmagasinée dans sa poitrine depuis des mois gênait sa respiration brusquement, le briquet qui les avait allumées brûlait encore ses yeux. Il regardait la secrétaire comme les voleurs rêvent d'une femme en prison. (Le dénuement sacré.) La séduire serait aussi simple que ferrer un cheval blanc pour un forgeron. Pourtant, il n'apparaissait de lui en ce moment qu'une sorte de langueur penaude assez répugnante. Sa panique était telle qu'il avait failli supplier Louise de redescendre dans la rue pour respirer un moment. (Respirer rue de La Boétie...) Elle aurait certainement refusé. Elle avait pris ce rendez-vous avec le désir d'en finir avec *cette boue*. (Une boue qui valait une fortune. Elle s'en moquait bien.) Elle n'en démordait pas, son erreur, la seule, était de ne pas avoir brûlé la toile dans son jardin. (Dans ce cas elle n'aurait pas rencontré Éric. (Des pensées mortes qui ressemblent à un volcan reprenant sans cesse son activité.)

La communication avec New York durait. Éric s'assoupissait. Louise approcha de lui son flanc, derrière le siège elle glissa sa main dans celle du malheureux et la serra — petite main exhortatrice et forte —, elle murmura à son oreille : « Courage, mon chéri, je suis là. » Il ne répondit pas (un type infect) et pensa instantanément : « Facile pour elle d'être courageuse ! À part baiser elle n'a jamais rien compris. »

Elle portait une élégante veste grise avec un col blanc brodé (une petite chaîne d'or au cou que lui avait donnée sa grand-mère), une jupe ample de couleur beige, des chaussures de feutre toutes neuves. Son visage avait une expression suave et recueillie. La chaleur de l'amour dorait ce recueillement. Elle était belle, les yeux dorés d'une chèvre habitaient ses prunelles.

Louise haïssait les niaiseries du surnaturel, le réel l'accaparait suffisamment chaque jour pour l'empêcher de balayer les trottoirs de l'au-delà. Que pouvait-il y avoir de plus formidable, de plus inexplicable que l'amour ? Sur le fond des apparences les plus niaises, il tombait sur vous comme un aigle et vous happait, vous emportait dans l'espace. Comme par enchantement elle avait oublié les apparitions de l'homme de Dieppe, et d'ailleurs. Plus d'esprit frappeur pourvu d'un sexe. Objectivement, elle avait échappé belle à l'asile. L'amour avait donné un goût de miel au vent sur ses lèvres. Il lui avait apporté une fermeté dans sa pensée, comme une maîtrise dans ses gestes avec la chaleur de l'homme dans ses œuvres vives.

Par moments on entendait de l'autre côté du mur la grosse voix d'un homme excité par les bagatelles de la vie, il téléphonait toujours. (Argent qui se gave de vols et de mort.) L'aboiement d'un chien derrière une porte couvrit soudain la voix du marchand. C'était réconfortant, les chiens n'ont pas besoin de téléphoner pour s'exprimer. Une porte s'ouvrit brusquement, la lumière grise dans la pièce fut balayée par une lumière plus forte.

Les pauvres diables, pourquoi n'étaient-ils pas restés en province ? (L'Auvergne est si belle.) L'heure était venue au grand jour comme elle vient aussi au fond des puits sombres. Un homme maigre apparut portant un long nez appelé tranche-montagne à Fleury-Mérogis (haut lieu des châtiments), un homme distingué, adroit certainement à calfeutrer les vides, autoritaire avec un sourire de guêpe pour les amateurs de miel. (Pauvre Éric, il ne faisait pas le poids.) Tout de suite ce fut l'effusion.

— Ah ! Mademoiselle Lhers, je suis heureux de vous connaître, vous avez bien fait de venir me voir, je vous fais mes compliments, on m'a parlé de votre grand-père, un antiquaire authentique que je n'ai malheureusement pas connu, veuillez entrer! (Pas un mot, ni un coup d'œil adressé au pauvre Éric.)

Et voilà les trois personnages réunis dans une pièce. Il y a péril en la demeure, c'est le décor idéal pour en finir et vivre ensuite délivré de tout souci, mais sur l'un des murs blancs, bien éclairé par une fenêtre, unique œuvre d'art exposée, terrestre dans son corps mais irréelle, incompréhensible dans son message, l'œuvre du Caravage, sauvée, nettoyée du fond des abîmes, pure merveille toute frémissante de vie. Elle est pareille à une charge d'explosifs, aussi personne ne la regarde. On sait qu'elle est là, on n'ose pas s'approcher d'elle. (Elle a l'air de s'en rendre compte.)

« On va en finir », songea Louise. Mais elle qui était si forte avant de pénétrer dans le bureau redevient soudain une enfant auvergnate. Car elle songe à Éric, elle se dit : « Pourvu qu'il ne fasse pas un éclat! »

Monsieur Blondeau, poussé par quelque curiosité, a envie de s'amuser un peu pour se détendre, et d'abord que veulent ces gens de province? Oh! Il s'en doute bien. Lui demander un pourboire, une petite bourse, une rallonge, bien sûr, ils se sont fait rouler dans la farine comme des rats. C'est le jeu. La femme n'est pas mal du tout. Elle cherche à dominer son émotion, c'est visible. Elle a de beaux seins, un visage d'un attrait étonnamment vif. Le type est quelconque par exemple. Monsieur Blondeau est très intrigué, le Caravage va lui rapporter des millions. Beaucoup de millions. Jamais il ne retrouvera pareille occasion. C'est la vie, il faut gagner. Cet homme est fort, il a le sentiment des choses directes et simples, les émotions, les plaintes, les visions ne sont pas de son domaine. Personne ne donne rien pour rien. Chaque année on se doit d'arrondir son magot mais, de temps en temps, coucher avec une femme est une bonne chose. (Comme tous les marchands roublards une ambition spirituelle semble le guider.)

— Je suis le premier navré de ce qui vous est arrivé, dit-il gravement, asseyez-vous, notre profession est devenue une loterie qui doit tout au hasard. Il suffit d'être là au bon moment, c'est tout. Vous devez beaucoup m'en vouloir, il ne faut pas, j'ai une vraie sympathie pour vous. Monsieur ?

Il questionnait Éric.

— Mon fiancé, dit rapidement Louise, Monsieur Éric Thuillier, il écrit en ce moment une étude sur l'art italien.

— Voilà qui est bien, je voudrais tant moi-même trouver le temps pour écrire... — Ils étaient assis en face de lui. — Vous habitez une ville superbe... Averne... (que venait faire ce mot ?) je m'y rends avec joie chaque année, j'y ai des amis, connaissez-vous le bâtonnier Lombargi à Clermont ?

— Non, dit Louise.

— C'est un homme supérieur, un templier, une sorte de Godefroy de Bouillon, si vous avez un jour une affaire avec la Justice allez le voir de ma part. — Ah, le coquin ! Il changea brusquement de ton. — Ce que je ne comprends pas, mais absolument pas, et vous allez me l'expliquer puisque j'ai le plaisir de vous voir, vous n'aviez aucune raison de vendre le Caravaggio (avec l'accent), du moins c'est ce qu'on m'a affirmé, alors qu'est-ce qui s'est passé ? Entre nous, dites-moi tout simplement.

Obscène, douillette curiosité ! Elle retourne le couteau dans la plaie. Coupe, tranche, étripe, cisèle, égorge ! Quelques secondes passent, Monsieur Blondeau sourit avec bonté. Il a une pomme d'Adam très mobile, au point qu'il semble avaler constamment un quartier de pomme qui ne passe pas. Aussi elle remonte sans cesse.

— C'est vrai, dit Louise calmement, je n'avais aucune raison de vendre, j'ai été stupide...

— Vous n'avez pas l'air stupide en tout cas.

— Je voulais mettre de l'ordre dans mes affaires, dit niaisement Louise.

— Alors là vous avez réussi ! Je suis le dernier à pouvoir vous dire bravo ! mais je suis comme vous, nous sommes envahis par la pacotille d'époque. Imaginons qu'un collectionneur se sente fatigué de vivre au milieu de ses splendeurs, elles sont de plus en plus belles tandis qu'il vieillit, alors un jour il rêve de murs blancs. Lui aussi veut mettre sa vie en ordre. Il découvre le mur blanc avant de mourir, le mur nu comme la plage face à l'océan, tout ce qu'on y ajoute est faux... Il arrive aussi qu'on soit un excellent acheteur mais un mauvais vendeur.

Homme décidément stupide, Éric ne put s'empêcher d'intervenir.

— Madame Lhers a été victime de sa confiance, dit-il, il y a eu dol.

Cette brutalité était déplacée. Louise pensa : « On va se faire foutre à la porte. »

— Allons donc ! répliqua aimablement le marchand en haussant les épaules, je ne vous comprends pas, jeune homme. (Ah ! ce jeune homme.) Savez-vous le sens du mot dol ? Vous chercherez dans le dictionnaire en rentrant chez vous (il enfla sa voix :) dol, manœuvre indélicate pour tromper un autre. (Il se tourna vers Louise.) Vous ai-je trompée, Mademoiselle ? Je vous vois chez moi pour la première fois...

Louise secoua la tête avec gêne. Il lui fallait se faire toute petite, vite chercher un trou de souris pour s'y tenir. Par chance il y eut à ce moment un coup brutal derrière une porte, puis un chien gémit : Ouail ! Oille ! Oille !

— Pépin, la paix ! tonna l'antiquaire, excusez-moi, Mademoiselle, je suis veuf, il ne me reste plus sur la terre qu'un chien à choyer.

Le malheureux s'enveloppait frileusement dans le suaire de Lazare. Il demeura immobile.

— Monsieur, répondit Louise, nous sommes venus vous voir dans l'esprit de regarder le tableau encore une fois, vous voulez bien ? Mon fiancé s'intéresse à la peinture plus que moi...

Adorable ! Tout cela était exprimé avec une souffrance pudique. Comme les femmes savent naturellement vous forcer le cœur. Si seulement elle n'avait pas été accompagnée par ce type, il l'aurait consolée. Elle n'avait aucune idée de ce qu'est la vie. Pas une menace, ni un regret, pas un mouvement d'humeur après avoir perdu des millions. Monsieur Blondeau pensa : « Son amant ne lui arrive pas à la cheville. » Peut-être pourrait-il la revoir sans l'intrus. Il n'existait aucune raison de s'alarmer d'un procès. Quel procès ? Le ribaud espérait déjà donner quelques compensations à la vendeuse malheureuse.

— Comment donc ! dit-il, vous êtes ici chez vous. J'espère bien d'ailleurs que vous reviendrez voir le tableau. Car il est encore à vous si les belles choses doivent vivre d'abord dans notre cœur. Ah ! je regrette que vous vous en soyez dessaisie.

Éric s'était déjà avancé en direction du tableau. De sa vie il ne parlerait plus à cet homme, une merde lubrique avec deux yeux funèbres en écume de mer pour mieux pouvoir vous regarder. Éric se tenait très droit, farouche, le cœur convulsé, fixant la peinture sur le mur. Ses lèvres frémirent. En s'immobilisant il parvint à dominer son émotion. C'était un esprit capable d'hallucinantes révélations mais il était faible comme un enfant, sans caractère aucun, toujours égaré et pourtant perspicace, submergé par la honte, le dépit, la crainte qu'il avait contractés dans la compagnie des femmes tendres qui l'entretenaient. Étrange garçon, attachant quand même. Un fantôme épuisé mais doué d'un pouvoir érotique surprenant pour donner du plaisir comme s'il allait en puiser la force dans une région inconnue. Étonnant garçon prenant les femmes dans ses filets caressants, célébrant avec elles des fêtes toujours inattendues, toujours pareilles. (Éric, le nocturne t'assiège et les lendemains sont durs.) Maintenant, face au but, il était égaré, cherchant à aspirer à pleins poumons un peu d'air pour le garder dans sa poitrine. Comment exprimer cette chose ? À l'instant sa faiblesse le fortifiait, elle lui donnait de l'allant, un courage fou. L'animosité qui s'était emparée de lui en écoutant Monsieur Blondeau avait tout à fait disparu.

XXV

Éric aimait le tableau à la façon d'une fleur qui ne sait pas qu'elle aime mais qui sent bon. Il eut l'impression que le visage devant lui le reconnaissait comme un être humain. Il pensa : « S'il me reconnaît c'est qu'il a une mémoire comme la mienne. » Tout ce qu'il avait fait jusque-là s'enfonçait dans la fraîche obscurité du tableau. Le visage du Christ disparut dans la toile. La peinture semblait boire à longs traits la lumière. Des minutes passèrent, déjà des relations d'ombres et de lumière s'organisaient. À l'intérieur du cadre noir l'espace commençait à obéir à un ordre qui surgissait d'une mémoire inconnue. Encore une fois il voyait le tourbillon de formes qui lui était apparu pour la première fois, un soir, chez Louise. Oh! c'était inexprimable. Il n'habitait plus la terre... une bande de sable, des maisons, des visages allégés de leur destin humain...

Tombé au pouvoir d'une vision qu'il ne choisissait

pas, il attendait avec impatience que les formes se précisent, elles avaient alors une clarté surprenante dans un filet vermeil qui obéissait à une loi. Mais laquelle ? Des routes conduisaient à des villages, à des villes. La variété des formes se simplifiait soudain, aboutissant à une force lumineuse, et tout devenait cristal, matière transparente du cristal venue d'un univers inconnu. Tant de beautés jetaient l'effroi dans son cœur. Une figure surgissait spontanément, obsédante dans le défilé des images. Éric reconnaissait un camarade de l'école primaire mort noyé, un ancien instituteur, Monsieur Fabre, un voisin acariâtre, sa tante Pauline, tous étaient morts ! Pourquoi ne voyait-il pas un vivant ? Chaque visage apparaissait et s'enfuyait dans un souffle de lumière. Éric comprenait... ils étaient des errants surgis magiquement dans son souvenir. Rien de plus. Le tableau les guidait. À un moment les formes n'en formèrent plus qu'une seule, et tout en haut, surgie d'un abîme sombre, scintillait la première étoile de la nuit.

Dans son dos depuis un bon moment maintenant Louise et le marchand s'entretenaient familièrement. Ils riaient même parfois de bon cœur. C'était insensé, alors qu'Éric, debout, saoul, absolument saoul, était sur le point de sombrer dans la démence. (Louise, tu es dégoûtante, toute au plaisir d'entendre un homme te faire la cour.)

Une pensée saisissante vint alors à l'esprit du malheureux. Une pensée pareille au tissu destiné à recouvrir un mort victime de la peste. Cette pensée n'était pas loin de le terrifier lui-même. (Comment put-il imaginer une chose pareille?) Le tableau se nourrissait de lui, il le fixait, des ondes s'enfonçaient dans ses yeux par la force d'un magnétisme qui soumettait son être à distance, poussant de l'avant, poussant encore, toujours plus loin, pénétrant son cerveau par les yeux ouverts, besognant, s'activant, ne voyant plus en lui qu'une nourriture offerte, nourriture unique comme celle du nouveau-né suçant longtemps en silence le sein maternel. Car il se sentait déjà fatigué, pompé, oui pompé. Et pourtant, il s'offrait de bon cœur à nourrir encore le tableau, il prenait douloureusement conscience de cela sans rancœur, sans arrière-pensée. Pas de pensée surtout. Aucune pensée. Quelle folie que la sienne! Cet échange monstrueux était inexprimable, il était muet. Mais maintenant la peinture devant lui brillait étonnamment. Oui, elle avait un éclat nouveau. *Elle s'était restaurée.* Fou! Fou stupide, fou à lier. Ô fou qui écarquilles les yeux, regarde le vide à tes pieds.

Comment pouvait-il concevoir pareille pensée morbide? À ce moment il était incapable de faire un mouvement, de rejoindre les deux autres dans son dos qui plaisantaient toujours. Éric avait lié son sort à la force haletante d'une folie plus grande que la sienne. Oh! les anges de Dieu ne font pas leur devoir, ils sont couchés sur des lits de soie avec Schéhérazade, béats ils attendent le lever du jour en écoutant la voix d'une femme. Soliman les fera fusiller au petit jour. La main de Louise n'était pas à ses côtés pour l'entraîner loin du tableau maléfique. Dans son dos Monsieur Blondeau a essayé de saisir cette main mais Louise l'a retirée vivement. L'abject marchand éprouve en ce moment beaucoup de goût pour l'ancienne propriétaire du tableau. Pourquoi ne ferait-il pas *d'une pierre deux coups*? (Ou deux coups d'une pierre.) L'homme a parlé de musique avec l'espoir de déshabiller une femme. (Chaque homme a dans son cœur non pas un cochon qui sommeille mais une prostituée.)

Demain on enfermera peut-être Éric dans un asile, que lui importe ? Avec sur son visage une expression d'ahurissement extatique il est heureux. Ce bonheur monstrueux qui consiste à nourrir un tableau carnivore ne ressemble à aucun autre au monde. Les rayons d'une lumière fluorescente pénètrent sa peau. Il est hébété comme sous l'effet d'une drogue. La vue du tableau merveilleux a le pouvoir d'embraser tout son être. Les objets, les pierres, tout ce qui pèse devient léger. Il a l'air stupide comme tous ceux qui jouissent à la façon de Dieu créant le monde. Son plaisir est celui de la danseuse qui se donne au petit matin après avoir dansé toute la nuit jusqu'à l'épuisement.

À ce moment, il ressentit comme une sorte de gifle qui l'éveilla. Ce fut très désagréable. On riait aux éclats dans son dos. Il était incapable de se retourner mais il fit l'effort tant il était étonné. Le bien-être qu'il éprouvait en nourrissant le tableau se changea en douleur vive. Louise et l'antiquaire devisaient avec entrain. Elle avait repoussé les avances du bon Monsieur Blondeau. Louise gardienne de la folie d'un homme, Louise méprisant l'argent, les tableaux, les fauteuils Louis XV, les lustres pareils à la concupiscence engluée dans le regard des hommes, Louise ronflant de bon cœur la nuit c'est certain mais ne mentant jamais. Louise honnête femme. N'est-il pas temps pour elle d'aimer encore plus fort ? Voilà une femme qui ne fait pas son lit dans les miroirs du monde.

Éric s'aperçut qu'elle fumait. (Avec son ongle elle détachait un petit bout de papier collé à ses lèvres.) C'était drôle. Elle le regarda à ce moment et le vit si pâle qu'elle se leva brusquement pour courir vers lui.

— Qu'as-tu ? dit-elle, il y a près d'un quart d'heure que tu es devant ce tableau. Fichons le camp d'ici, tu l'as assez vu.

À son tour elle regarda le tableau, elle aperçut le même visage d'homme perdu dans la tristesse et la menace. L'homme sortait de sa tombe. Il osait se montrer ! Il n'était pas Jésus, il était la mort. Cette figure lui annonçait une mort. « Que ce soit la mienne mais pas celle d'Éric, mon Dieu ! » se dit-elle.

Ébahi, le marchand vit le couple prendre la fuite précipitamment sans le saluer.

Dans l'escalier obscur ils s'accrochèrent l'un à l'autre. Pourquoi avaient-ils quitté Clermont pour revoir le tableau ? Une menace venait de lui dont il était préférable de ne point s'approcher. Ce fut une descente difficile. Respirer doucement. « Attention aux marches, recommandait Louise, accroche-toi à moi. » Hébétés, ils ne savaient plus l'un et l'autre s'ils avaient vu quelque chose sur la toile. Dans la rue, Éric cherchait à revoir les formations cristallines de son rêve mais tout était gris et les hommes qu'ils croisaient, remplis d'ivresse et de tourment, se hâtaient sans répit vers les mêmes peines, les mêmes mirages. Eux aussi voyaient-ils une chimère devant eux ? La malédiction se mêlait-elle à leur désir pour pourrir leur être ? En pleine rue pesait sur tous le silence de l'effroi.

À un moment, voulant toujours en avoir le cœur net, Louise avait demandé à Monsieur Blondeau ce qu'il voyait dans son tableau. Plaisante question, mais l'homme n'était pas bête. « C'est une peinture, s'était-il écrié, vous pouvez y voir tout ce que vous voulez, une peinture c'est fait pour ça. » Sage propos. Elle s'était tue, matée et presque réconfortée.

— Mon petit Éric, dit-elle, je suis trop fatiguée pour me rendre à la gare de Lyon en métro, nous allons prendre un taxi.

Il acquiesça. La respiration lui revenait. Il marchait très droit, hautain, sans jeter un regard sur les peintures exposées dans les galeries. Plus de chromos abstraits, plus de figures s'interrogeant sur l'heure de leur trépas.

— De quoi as-tu parlé avec ce type ? demanda Éric.

— Tu veux le savoir ? (Sa voix était hargneuse.)

— Dis-le.

— Il m'a invitée à déjeuner la semaine prochaine pour me baiser après, dit Louise.

Éric ne répondit pas. Il ne prenait pas au sérieux ce qu'il venait d'entendre. Louise voulait le mettre à l'épreuve. Il pensait au tableau. Des larmes coulaient sur ses joues. Loin de la toile, il avait l'impression d'avoir perdu sa vie. Maintenant il allait pouvoir appliquer son esprit à revoir toutes les images qui lui étaient apparues sur le tableau.

Ils prirent le train à dix-neuf heures vingt pour Clermont.

XXVI

Le retour fut calme. Éric ne se lava pas de plusieurs jours, il fut également muet et dédaigna les repas. Il était vêtu d'un polo raccommodé et d'un vieux pantalon de toile. Il souffrait d'une crise de mélancolie somnambulique. Cette volonté d'être sale, c'était sa manière puérile de rompre avec le monde. Il regardait devant lui comme s'il fixait la mer au loin. Louise supportait avec un calme merveilleux ce gibier pour psychiatre. Elle devinait (mal) ce qu'il éprouvait après sa visite à l'antiquaire. Elle obtint enfin la faveur de frotter le corps du garçon qui poussa des cris d'orfraie pendant qu'elle s'échinait, à genoux auprès de l'homme déifié, purifié, mais non psychanalysé.

Ce visage pâle et muet avec ses yeux noirs était l'image de la désolation qu'elle aurait voulu bercer pour chasser à jamais le stupre abominable du tableau. Éric la regardait fixement et semblait ne pas la voir, ce regard qu'elle ne parvenait pas à saisir dans le sien lui déchirait le cœur. Ainsi gaspillée, la douleur est plus sombre que les plus belles fleurs lorsqu'elles sont fanées.

C'est la nuit qu'Éric commençait à vivre en compagnie du tableau. La toile s'élargissait pour emplir tout le cycle de sa conscience, elle était la nécessité de son âme, parfois elle s'éloignait à d'inaccessibles hauteurs et pourtant il ne la quittait plus des yeux. Dans le foisonnement d'images lumineuses, elle lui apportait la paix.

Louise devinait-elle qu'il ne dormait pas et qu'il vivait si loin à ce moment? Elle se rapprochait de lui et pleurait doucement sur son épaule. Ceux qui aiment portent leur cœur plus haut que leurs bras dressés.

Elle n'avait pas renoncé à avoir un enfant. Un enfant, grand Dieu! Chaque jour elle disait au rêveur :

— Je veux un enfant.

— Comment l'élever? disait le malheureux, je n'ai pas de métier.

Elle répondait :

— C'est moi qui l'élèverai, toi tu as ton livre à écrire.

Mais il vivait trop intensément son livre, il ne pouvait pas l'écrire. Il était si las qu'il ne trouvait même pas la force qu'il faut pour se reposer. Et cette rage en lui de vouloir quitter la maison pour regagner Paris en toute hâte, recommencer l'ancienne vie misérable. Il n'osait pas, il manquait de courage.

Quels gestes faut-il faire pour rester fidèle à son délire et être un autre encore, sage celui-là, viril, astucieux, prêt à porter secours à celui qui se perd ?

Comme les choses sont absurdes et plus cruelles encore, une nuit, sans la moindre raison, dans le plus grand silence Louise le mordit à la poitrine jusqu'au sang, alors qu'il dormait profondément. Un fou et une folle épuisés l'un par l'autre. Deux fous doués d'émotions trop grandes pour leur cœur. Voulait-elle le réveiller d'un cauchemar ? (Non, il dormait paisiblement.) Venait-elle d'en faire un elle-même ? (Pas davantage.) Il la gifla de toutes ses forces puis il annonça d'une voix sauvage : « Demain je partirai, c'est fini. » Elle sanglota en lui demandant pardon. Il se lança alors dans une explosion de mots orduriers pour rendre tout pardon impossible. Louise pleurait. (Larmes ! lent pèlerinage vers l'oubli.) Au plus profond de soi on s'écoute mourir.

Privée de la présence d'un homme, elle pleurait, et voilà qu'elle continuait à pleurer assise toute droite, l'homme allongé dans son lit. L'enfer brille dans la pire profondeur de la nuit, il mord la chair qu'aucun vêtement ne protège. Ce qui nous lie c'est la douleur et la pitié du cœur, elles sont toujours à notre portée. Les femmes qui ne sont pas aimées dans la journée deviennent des chauves-souris au cours de la nuit, elles prennent peur soudain et s'épuisent sans raison dans l'espace nocturne. Elles ont besoin de caresses. Les anges ont peur de les rencontrer, peur de voir leur lit défait, ils s'en éloignent.

Louise lui disait qu'elle l'aimait trop. (Comment peut-on trop aimer puisque les êtres les plus redoutables et les plus malpropres en ce monde sont aussi aimés !) Il perdait pied dans cet amour trop grand. Pleurer la soulageait presque autant que faire l'amour. Les larmes associent parfois le sexe au chagrin, elles lui donnent un mouvement frénétique, périlleux, avide, et la volupté devient un vertige où l'âme et le corps vivent ensemble un moment. Éric avait beau se recroqueviller peureusement sous les draps, Louise s'emparait de lui d'une main ferme. Qu'il la recouvre encore une fois et qu'il retourne ensuite à son tableau dans cet univers qui n'était pas le sien. Seul le sexe de l'homme lui semblait réel et bon dans la fantasmagorie qui s'était emparée de l'esprit de son amant.

Elle s'interrogeait. Éric l'avait-il vraiment aimée, l'aimait-il encore ? C'est souvent un serpent qui se love dans le cœur de l'homme aux prises avec sa femme, il ne faut pas le réveiller en lui apportant une souris. Elle s'accrochait à lui avec une fidélité inébranlable mais elle rejetait tout ce qui n'était pas la réalité. Éric, ce malhonnête, lui faisait l'amour en rêvant certainement à son tableau. Avec lui seulement il avait fait de l'ignorance un savoir subtil, avec lui seulement un pouvoir créateur s'était révélé à ses yeux.

Existence malsaine pour ces deux êtres, elle était faite d'espoir, de luxure et de chagrin. Existence menacée, mais se dirigeant toujours plus près de la réalité grâce à l'amour. Et le tableau maudit était peut-être lui aussi l'émanation lumineuse de l'amour, conduisant vers une autre vie inconnue. Oh! puisse tout cela conduire les malheureux vers un sommeil innocent. Mais qui saura les secrètes pensées d'un homme qui étreint une femme? Pense-t-il à ses impôts, au pavillon qu'il fait construire en banlieue, à une autre femme? Qui peut le savoir? Cette filouterie n'a pas de nom dans la langue. Même les bons catholiques n'en parlent pas. Qu'il pense au démon du tableau en l'étreignant mais qu'il ne la lâche pas, qu'elle sente raidir ses muscles au moment où il jouit d'elle.

Éric était tout de même lucide par moments, la stupidité mélodramatique de sa vie lui répugnait, elle lui serrait le cœur. Il passait de l'émerveillement à imaginer sa toile à l'accablement d'en être privé. Comment, chez l'antiquaire, avait-il pu penser qu'une bête, une sorte de pieuvre se cachait dans le tableau pour se nourrir de son sang? Une telle sottise lui faisait honte. Il voulait vivre, échapper à l'étouffement.

— ... J'ai connu pire... j'en sortirai. À Paris je trouverai du travail.

Elle le devinait. Cacher sa pensée la plus intime à la femme avec laquelle on vit est difficile. Louise savait tout d'Éric. Jamais il ne serait un homme mûr. On ne pouvait pas compter sur lui. Il n'avait rien fait de sa vie. Pourquoi vivait-il caché dans cette pension de famille? Il n'en savait rien. Quelle importance? Rien ne semblait avoir de fin, tout se confondait. Eh bien non! Le sens se manifestait et prenait forme sans user de mots. Les images les plus belles se taisent, inévitablement muettes. Dans sa pensée, le tableau était un espace mélodique qui l'empêchait de se confondre aux autres hommes, il n'avait pas le droit de se plaindre.

« Quelle vie idiote mènent les gens, se disait-il, ils travaillent pour élever des enfants qui les insulteront ou les oublieront demain, ils ne méritent même pas le mal qu'ils se donnent. Tous plongent au cœur de la banalité. Personne ne veut devenir un saint, et si les voleurs sont les plus nombreux ils se cachent comme des rats pour manger leur soupe. »

Si seulement il pouvait être seul ! Sans avoir une femme sur les bras ! Dans la nuit, il était peut-être une heure du matin, la main de Louise se posait brusquement sur son sexe comme pour en vérifier l'élasticité, l'articulation frémissante ou, au contraire, l'inertie débilitante. Cette curiosité avide, ignorant tout respect humain comme toute ingénuité de l'esprit, déplaisait souverainement à Éric. Louise était fascinée par les variations d'étendue du sexe de l'homme. C'était pour elle chaque fois un mystère semblable à une apparition qui l'intriguait. Elle ne s'en lassait jamais. Sa féminité découvrait sur le vif l'ambiguïté de la vie. Il s'y mêlait aussi chez elle un enivrement consolateur. Non qu'elle fût délurée ou impudique, tout ce qui était humain la fascinait, le contact de la peau la rassurait en l'emplissant d'une langueur rêveuse dont le fruste cérémonial lui semblait chaque fois le don de la vie elle-même. Furieux, Éric repoussait en silence cette main diligente en maudissant sa compagne dépravée. Elle se le tenait pour dit, s'endormait résignée mais bientôt des ronflements vengeurs s'échappaient de sa gorge et rien ne les détournerait de leur dernier souffle. Et ce n'était pas l'angoisse qui triomphait alors dans ce lit ni la maladie, ni même les désillusions, mais la bonne santé dont le vrombissement de fête éclatait en grognements et meuglements.

Immobile dans l'obscurité, Éric se sentait à nouveau maudit, il enveloppait sa tête dans les draps. Mais il se devait d'être honnête (si l'honnêteté pouvait apporter la moindre émotion), sans Louise où coucherait-il cette nuit, qui le nourrirait demain ? Qui repasserait ses chemises ? De toute façon le tableau était perdu, il fallait être fou à lier pour prétendre avoir des droits sur lui. Il devinait alors que ce n'est pas la raison qu'il faut garder dans ce monde mais l'amour. Car on peut très bien vivre en étant fou, mais celui qui meurt sans amour meurt sans témoin dans l'immensité des morts. Louise l'accusait de calculer toujours. Était-ce un crime ? Le mouvement respiratoire qui soulève régulièrement les poumons n'est-il pas calcul imposé par la nature ? Mais elle l'aimait avec tant de foi ! Cet amour était toujours agenouillé, il était humble d'aimer, humble de se taire, chacun de ses gestes était plein d'un essor heureux. Dans le vide et les menaces du monde il gardait toujours sa forme humaine.

Louise voulait si fort qu'il se repose, qu'il mange

lentement, qu'il fasse la sieste, qu'il fume moins... Il se sentait parfois prisonnier de deux êtres, deux forces opposées l'une à l'autre, l'une, émanant de la femme, le nourrissait, tandis que l'autre se faisait nourrir par lui. Mais il fallait choisir entre la femme et le tableau, hélas, il était de ces hommes dont l'âme ne pouvait vivre qu'en trahissant. Mais Louise voulait avoir un enfant ! Quelle folie ! Et pourquoi faire un enfant ? Oh non, pas d'enfant ! D'une mauvaise oreille d'homme il avait besoin de silence, de fuite.

« Sors un peu, lui disait-elle, va t'aérer, tu es pâle à faire peur, ou alors allons voir un docteur ensemble. »

Il ne répondait pas mais il pensait :

« Regarde, nous glissons tous les deux sur le même radeau mais nous ne voyons pas les mêmes choses sur les rives. Tu m'aimes et je t'aime mais parfois nous sommes effrayés le matin en nous disant bonjour. On dirait que nous sommes deux inconnus qui ont voyagé de nuit dans un train et qui se retrouvent au bar. Tu ne me comprends pas. Le malheur me fait peur mais le bonheur m'a déçu. Toi tu attends la nuit pour dormir avec moi, moi j'attends la fin de la vie pour dormir seul. »

« Oh ! se disait Louise, ça passera, je suis certaine que le plus dur est derrière moi... il finira par oublier son tableau. S'il pouvait seulement commencer à écrire son livre ! Lui aussi il souffre mais moi j'ai tout tenté pour le faire vivre. Lui jamais. »

On se souviendra de la curieuse passion du grand-père prostré sur une chaise pendant des heures, les yeux fixés sur la flamme d'une bougie dans l'ombre. Or voilà que survenait une chose étonnante, Louise ressentait à son tour le besoin effréné de fixer une bougie allumée dans une pièce obscure. Comment une telle chose pouvait-elle survenir après tant d'années ? Dans quel esprit se prêtait-elle à ce penchant ? Il est probable qu'elle devait avoir ses raisons mais lesquelles ? La force que lui communiquait cette lumière lui donnait l'impression d'approcher d'un but inconnu, elle s'oubliait dans une absence aussi profonde que la mort. Tout glissait autour d'elle mais elle se sentait comblée, toute proche de devenir le rêve d'une lumière. Ne plus réfléchir, à quoi bon réfléchir mais sentir la lumière accomplir sa pensée en l'empêchant de souffrir. La flamme de la bougie l'aidait à se fuir. Surtout se taire, les paroles engendrent d'autres paroles toutes semblables aux pelletées de terre qu'on jette sur un cadavre. Que faisait-elle à côté de cet homme et que faisait-il lui-même lorsqu'elle n'était pas dans ses bras ? « Là où nous sommes nous ne nous voyons plus. » Une fièvre ardente et comme jubilante la dressait contre lui mais elle se maîtrisait tout de suite. Tout était étonnamment calme. Les paroles n'auraient pas eu plus de sens que des flocons de neige. Même le silence des murs la nourrissait. Parler à Éric, comme à tant d'êtres proches, c'était dissimuler sa pensée et l'habitude de cette dissimulation la détruisait lentement. Seuls le brusque contact de la peau de l'homme, ses os, son sexe prenaient toute la place dans ses relations avec lui, alors la bougie s'approchait d'elle et la brûlait tout entière. Il n'y avait plus d'autre vérité. La force de l'existence tenait à cet appel de la peau, à partir de là une vérité saisissante n'usait plus de mots. La bougie brûlait tout en elle. L'homme était menteur, lâche, égoïste et sans cœur. Oh ! elle le savait, elle le savait d'une façon intolérable mais il la prenait avec une brutalité soudaine qui ne tenait compte d'aucun verbiage sentimental. Les choses étaient ainsi. Cette violence la livrait à une force sans justice et sans honneur et l'amour effaçait tous les griefs, toute l'amertume avec toutes les autres revendications. Surtout pas de justice et pas d'honneur. L'amour l'acheminait comme la flamme de la bougie à la transparence de son être, il n'était ni une figure aimée, ni un choix, ni même un serment, il était la peau de l'homme qui la pénétrait et c'était chaque fois comme la première fois, le seul lien vivant authentique du semblable au semblable. L'entente avec Éric l'emplissait d'une joie et d'un plaisir sans limites à cet instant. Baiser, baiser encore dans un mouvement démentiel où son corps à demi ployé, la tête inclinée vers le sol, se sentait à un moment doucement mourir. Ô joie, l'homme la réduisait enfin à peu de chose. Oh, c'est cela qu'elle voulait, n'être plus rien, ne témoigner d'aucune attention, d'aucune inquiétude, épuisée à tous les égards, cherchant la pauvreté de son souffle frissonnant, jouissant de la bassesse même où elle se sentait défaillir. Aimant la bassesse de sa condition, jouissant d'elle comme d'aucune autre distinction. En dehors de cette étreinte la vie entière était une approximation frivole, une anomalie. Ce besoin d'amour était sans repos, il ne finirait jamais pour Louise. Il était la fête du sperme où se noyaient l'agitation et le tourment de l'existence.

L'air lui manquait, elle allait mourir. Elle était morte. Cet amour était instantané, surprenant, sa répétition chaque fois était une énigme qui s'enfonçait toujours plus loin en elle, toujours plus profond.

XXVII

Nouvelle lubie. Depuis quelque temps déjà, Éric voulait engager une action judiciaire contre Monsieur Blondeau. C'était la ruine, la sottise bien sûr. Avec un flair subtil, il exigeait que Louise engage le fer sans tarder, il disait que le danger s'aggravait, le temps jouait contre eux, le tableau avait changé de mains. Louise était réticente. « Non, disait-elle, restons tranquilles, je sens que nous irions vers de nouveaux déboires. »

Tout était terne et sans espoir jusqu'au jour où *La Montagne* (toujours elle) annonça à ses lecteurs, en première page comme d'habitude, que Monsieur Blondeau, le propriétaire du Caravage, était en pourparlers avec le Louvre qui souhaitait acheter le tableau. Il ne manquait plus que le Louvre pour arranger les choses ! Éric prit une colère folle. Le Louvre, cela voulait dire l'État français en personne avec sa houppelande poissée de décorations militaires, son arsenal de lois éhontées, ses huiles roussies à l'Élysée. Que l'État périsse de male mort, il n'aurait pas le tableau! Mais la menace de forces puissantes et lointaines se précisait.

Comme Éric souffrait mal! Beaucoup plus en tout cas qu'à la première lecture du journal annonçant la découverte et la vente du chef-d'œuvre. Le Louvre s'enorgueillissait des génies morts dans la misère, qu'avait-il fait pour eux quand ils vivaient? Rien. Qu'avait fait l'État français pour eux? Rien. La femme de Claude Monet morte de faim, Gauguin mort en exil, Vincent mort dans un champ de blé. Et les autres, anonymes, sans gloire, chiens perdus dans la dorure. L'artiste attend le secours, il lutte pour l'obtenir en travaillant à son œuvre, il meurt dans la solitude. Un peu plus tard, le Louvre pavoise, fier de son prestige aveugle. Personne ne proteste, impossible de dénoncer la prison des rêves. La société est abominable. Mais où trouver l'argent pour empêcher le tableau d'entrer au Louvre?

Ce fut Louise, plus aimante que jamais, qui se dévoua dans une perspective nouvelle.

— Je vais vendre la maison, dit-elle, il faut d'abord que je trouve un établissement convenable pour accueillir mes pensionnaires.

— C'est à toi de décider, répondit hypocritement Éric, mais il faut se hâter, le lait est sur le feu.

Le lait! entendez ça! Barbe-Bleue aux caresses noires sent que le lait est sur le feu! Avec sa vélocité coutumière, Louise se mit en campagne, les pensionnaires furent casés, la pension de famille vendue. Ce fut une affaire superbe, les millions affluèrent. Louise se coula amoureusement dans les bras du garçon, qui se comporta en la circonstance comme il l'avait toujours fait avec les femmes. Elles lui devaient tout. Car c'étaient elles qui le chérissaient, lui, les aimait silencieusement, la nuit, à sa manière abrupte de chien dressé. Louise garda une partie de cet argent pour les frais du procès, l'autre fut placée. (La Caisse d'Épargne de l'Auvergne est l'une des plus importantes d'Europe, les Auvergnats font des placements qu'ils ne retirent jamais. La mort pour eux est un verger de pommiers dont ils boivent le cidre au Paradis.)

Nouveau voyage à Paris pour rencontrer un grand avocat. Éric ne se tint plus de joie. Et les voilà en chemin de fer encore une fois. Riom-Châtel-Guyon, Saint-Germain-des-Fossés, Vichy... la belle France. Maître Ambaud (il avait obtenu l'acquittement de criminels endurcis) les reçut d'un air affairé. Il aurait fait guillotiner sa mère pour une bouchée de pain. Tout le noir du Palais de Justice était sur sa robe et sur son âme. Il plaidait comme un Prisunic vend, jusqu'au vertige, jusqu'au vomissement. C'était un voleur triste avec un cou décharné de momie du Caire. Tout le Palais de Justice le savait, sa poitrine glabre se parait d'un tatouage bleu et rouge représentant une femme nue avalant un serpent. Il affirma à Louise qu'elle toucherait la moitié de la somme payée par le Louvre à l'antiquaire.

— La justice, dit-il, n'est pas faite des sentiments des plaideurs.

Éric ne comprit pas très bien, mais il trouva cela très beau. Depuis que le procès s'était engagé, il avait meilleure mine, il mangeait davantage. Souriante, désinvolte, Louise était heureuse dans son nouvel appartement tout près de la rue Massillon. C'était le quartier des damnés antiquaires. Elle ne les saluait plus. La perte de l'énergie morale commence par des marques de politesse envers l'ennemi.

L'excitation fut extrême pour le couple à la veille du jugement. Stupeur à Clermont : Louise perdit son procès. (Le jugement spécifia que Monsieur Blondeau avait légalement acheté son tableau, le vendeur était censé connaître la valeur de sa marchandise.) Le célèbre avocat, qui avait déjà englouti une part appréciable de la vente de la maison, fit appel. Nouvel échec. On parla encore de la pauvre Louise dans *La Montagne.* Elle fut admirable de tenue dans le désastre. Éric, lui, se fripa, il se racornit en une nuit, il s'enchifrena, écorché vif par l'odieuse logique de la sentence. Il appela à l'aide ses démons familiers qui s'appelaient grief noir, noces brèves, chemin clandestin, obscénité, égoïsme forcené !

Mais ce gredin avait reçu un don sublime que nul ne pouvait posséder : voir d'une façon inexplicable en certaines circonstances, impossibles à justifier, l'apparition de formes, de visages, de fleurs sous un éclairage aveuglant. Il les voyait avec les yeux de son âme, et l'intensité de leur approche le transperçait de flèches. Il souffrait, pourtant c'était pour lui la montée d'un plaisir indescriptible. Un être vertueux, un saint n'entrerait jamais dans cet espace inconnu où passait par moments le miroitement de la mer sous l'éclat lunaire.

Quand un homme s'est perdu tout à fait dans l'abjection et le crime peut-être n'a-t-il pas perdu le meilleur de son âme, elle demeure étrangère à son forfait. Sa chaleur lui appartient à jamais comme un fabuleux secret dont ses juges eux-mêmes sont exclus.

Fut-ce pour échapper à l'ennui de son existence devenue confortable, pour chercher un avilissement nouveau puisqu'il était incapable de retrouver le tableau tant il était amer, épuisé, il quitta la maison et Clermont sans faire de bruit. Éric ne se reconnaissait plus lui-même et cela lui permettait de partir. « Oh, qu'il s'en aille, assez! » se dit Louise avant de pleurer. La morale avait toujours été pour lui une somme d'expériences douloureuses qui lui commandait de s'épargner un choix difficile. Il avait promis de revenir.

Une semaine après son arrivée à Paris il mourut d'un infarctus dans un petit hôtel de la rue Delambre tout près de la gare Montparnasse. Dans ses papiers on trouva l'adresse de Louise, on lui téléphona, c'est ainsi qu'elle apprit la nouvelle du décès.

Les larmes cette fois se formaient au centre d'un tourbillon grisant dans son corps. Oui, sa douleur possédait une vertu d'ivresse. Pleurer un mort, c'est l'aimer comme on n'était pas capable de le faire de son vivant. Amour et adieu grandissent ensemble et ne le savent pas mais un jour ils se reconnaissent. Jamais une seule fois Éric ne s'était demandé : « Qu'est-ce que Louise deviendra si je meurs? » On aurait dit qu'il vivait tout le jour sur un arbre dont il descendait aux abords de la nuit pour rejoindre une femme dans son lit. Il était de ces hommes dont la vraie valeur est de ne pas s'attarder sur la terre. Dans ses yeux un charbon ardent était devenu froid, maintenant.

Louise n'alla pas à l'église, pas de cierge, pas d'agenouillements. Une bête prise au piège ne cherche pas de consolations. Ne pouvant pas s'enfuir elle ne peut pas non plus trahir ce qui la menace. Le malheur suffisait à Louise, Dieu était au-delà. Il ornait sa vie autrefois. Le rêveur avait fini par disparaître dans son rêve. Elle se disait qu'elle avait pris trop de plaisir à faire l'amour avec Éric, Dieu l'avait punie. Mais derrière toute chose humaine Dieu est un incendie qui brûle même l'arbre qui donne des fruits.

Louise est devenue une étrangère dans sa propre vie. Sa beauté ne sera plus un ornement. À tel point qu'elle s'enlaidira.

C'est le temps où la lumière saigne du sang à la fenêtre. Qui lui aurait dit qu'elle allait aimer un homme à ce point ? Elle avait été trop distraite par le plaisir des caresses. Maintenant il fallait les rendre toutes afin de pouvoir exister dans le vide, lui tenir tête.

Les disgrâces de la vie nous suivent longtemps à la trace, le jour les colore de sa gaieté, on croit qu'elles sont apprivoisées et puis un jour elles vous sautent dessus et vous mordent. L'amour que nous avions au cœur est devenu la prison où nous nous sommes enfermés.

XXVIII

De la gare de Lyon elle se rendit directement à la morgue pour reconnaître le corps de son amant. Quand elle le vit, allongé dans un grand tiroir de fer que l'employé tira devant elle d'un geste hâbleur (il en meurt chaque jour des gens à Paris !), le silence de la morgue contenait son propre silence. Elle pensa que le tableau avait fini par dévorer sa proie. Un instant elle fut soulagée, son amant ne serait plus traqué, perdu pendant des jours dans un errement immobile.

« Heureusement qu'il y a une fin sur la terre, se dit-elle, on ne peut pas souffrir toujours plus loin à l'infini. »

Éric était devenu indifférent à son rêve. Son aventure sublime recommencerait peut-être pour un autre qu'il ne pourrait ni conseiller ni détourner de la folie. Il n'avait jamais cherché à en savoir plus que son propre plaisir, et ce plaisir s'était un jour retourné contre lui. Non, il n'y avait pas de malédiction. Les explications simples finissent par triompher du mystère, il s'était docilement soumis à l'inspiration du tableau dans la connaissance d'instants de grâce privilégiés entre tous. Ensoleillement. Transparence. Ruines parées de dentelles. Corps accouplés instruits au fouet. Déchirures hérissées d'oiseaux. Vert vespéral des étendues. Bleu de la ténèbre cachée. Jaune pareil au ruissellement lunaire. Carte pourpre des Enfers. Le rêve et la réalité unis pour un être ! L'homme qui a vu cela n'a-t-il pas été heureux ? Nous n'aimons chaque jour que ce qui fait de nous des survivants.

Éric était immobile dans l'atmosphère irrespirable de cette pièce fermée, il était devenu lui-même souffle et vision d'une apparition sur le tableau. Ses deux mains reposaient sur son ventre. On n'avait plus besoin de les tenir dans les siennes. Pour mourir si jeune il s'était peut-être rendu coupable d'une faute grave ? Son rêve de beauté prenait fin dans une horrible prison. Oh ! Louise se sentit coupable, c'est elle qui lui avait montré le tableau pour la première fois ! Ensuite elle l'avait ignoblement vendu pour l'en priver, le punir ! parce qu'elle était jalouse, parce qu'elle pressentait qu'il allait aimer le tableau bien plus qu'elle-même. Comme il se taisait ! Il avait l'air d'un jeune homme endormi. Qu'importaient Caravage et Caravaggio ! Qu'importait le Louvre, détourné lui-même du désert de la mort, lui-même caverne des morts à l'écoute de tous les chants de la vie terrestre. Éric était aussi son enfant, elle n'avait pas su le garder, sa trop grande imagination l'avait privé de l'usage sordide des gestes qu'il faut accomplir chaque jour pour vivre.

Elle le regarda longtemps puis elle s'agenouilla en pleurant.

— Seigneur! Pardonne à Éric et pardonne-moi aussi. Je t'implore! Tout ce qu'il a fait de mal il l'a fait en t'aimant.

Puisqu'il n'avait plus de famille Louise le fit enterrer à Clermont.

Dès le lendemain, la haine pour le tableau que lui avait laissé son grand-père vint l'assiéger de bonne heure. Elle refusait de croire que tout cela s'était passé en si peu de temps mais dans ses yeux les larmes étaient comme des nuages noirs qui l'empêchaient de voir le ciel quand elle ouvrait ses volets le matin. Les essuyer? Oublier? L'âge d'or de l'oubli cache les ruines du monde. L'oubli est le somnifère de l'existence sur la terre. Elle ne voulait pas oublier. Elle se sentait tombée au cœur d'une nuit bien plus grande que toutes celles passionnément partagées avec un homme.

XXIX

Oh, Louise, j'ai appris à t'aimer en révélant ton histoire, à un moment je me suis moqué de toi, et tu m'as échappé comme pour me montrer dans une lumière nouvelle que tu étais différente de ce que j'écrivais. En montant l'escalier qui conduisait à ton grenier tu avais une noblesse que je ne soupçonnais pas. Le personnage dont on rapporte maladroitement les sentiments semble l'accepter, il recule, s'efface, cède toute la place à l'auteur, mais, un moment plus tard, il s'avance comme l'acteur qui ne répète plus son rôle mais le joue enfin pour le public. Grâce à toi à la fin de ce livre je me sens meilleur qu'à l'époque où j'en écrivais les premières pages. Mais ton histoire n'est pas terminée puisque tu vis encore à Clermont.

Un matin (le café noir l'avait à peine réconfortée), la nuit avait été venteuse (les nuits sont ventriloques en Auvergne), les volets tremblaient sur les façades

des maisons et bien des rancœurs tenaient encore les gens immobiles dans leur lit, Louise eut la certitude que le maudit tableau avait détruit sa vie avec celle de l'homme qu'elle aimait. Les folies se répètent, la rage, la mauvaise colère ! Ce qu'on voit chaque jour est mauvais. Toujours pire et toujours nouveau. Toujours recommencé. N'est-ce pas le mal (ou notre défaillance) que le monde attend de nous ? Il lui vint à l'esprit une idée affreuse, elle se rendrait une dernière fois à Paris pour lacérer le tableau. Il vivait et cela était inique.

On le lui avait dit, l'œuvre du Caravage était accrochée dans la Grande galerie du Louvre, à côté de l'homme vu de profil peint par Piero della Francesca (acheté en fraude par le Louvre à New York).

Depuis quelques jours le tableau se mêlait à ses rêves. Elle se réveillait en hurlant et personne désormais ne pouvait l'apaiser. Au petit jour elle avait entendu Éric parler à haute voix avec le tableau dans les ténèbres. *Mais il y avait deux voix à ses côtés, deux voix* qui descendaient, s'évanouissaient, reprenaient la conversation. Et quelle était la seconde voix ? C'était celle du tableau ? Oui, certainement. Le cœur de Louise se brisait. Sans force, elle laissait retomber sa tête sur l'oreiller. Elle n'avait pas rêvé, elle avait distinctement entendu deux voix à ses côtés, l'une bien-aimée, et l'autre était très vieille comme sortant de la terre et de la broussaille. Il n'avait pas écrit son livre, les notes découvertes dans des tiroirs, dans ses poches étaient illisibles, il avait gaspillé sa vie. Et pourtant, comme elle l'avait aimé ! Tout ce qui resterait de lui, dérisoire, était la découverte de ce tableau dont personne ne saurait jamais la véritable histoire. Elle qui avait été toujours si bonne, des mots méchants affluaient à ses lèvres. Le faux Christ la regardait, la défiant comme il l'avait toujours fait, elle était incapable de supporter sa vue. Au milieu de la journée, une épouvante mortelle pesait sur son cœur quand elle revoyait Éric allongé, les yeux fermés, dans le grand tiroir de fer à la morgue. La vie qui s'ouvrait devant elle désormais n'avait plus de sens. Il fallait pousser les choses très loin et pour cela détruire le tableau. Elle devinait qu'un chemin lumineux la conduirait au Louvre pour se faire justice. Elle devait lutter contre la peur du Caravage, la peur de Paris, la peur du scandale. La peur d'elle-même, timorée, effacée jusque-là. On la jetterait en prison. Qu'importe. Et comment, pour sa défense, pourrait-elle expliquer au juge le calvaire secret qu'Éric avait subi ? (Ses joies, ses hallucinations lumineuses elle ne les comprenait pas, elle en avait horreur.) Certains auraient pitié d'elle, d'autres hausseraient les épaules. Elle s'efforcerait de ne penser à rien. Elle n'avait pas d'enfant pour avoir honte de son geste. Encore un fait divers dans le fleuve immense et fangeux qui traversait la ville.

La veille de son départ la trouva dans un état d'excitation incroyable, elle n'avait pu fermer l'œil de la nuit.

Elle descendit au métro Concorde pour atteindre

le Louvre en traversant les Tuileries. Le bleu du ciel avait des taches de rousseur comme on en voit sur les pages des vieux livres. Des héros de roman noir autour du grand bassin regardaient tourner des bateaux blancs.

« Ne marche pas si vite, Louise, ralentis, tu brûles déjà ! Si quelqu'un te parle ne réponds pas ! Regarde le jet d'eau toi aussi. L'air est doux. »

Assises sur des chaises, des donzelles montraient anormalement leurs jambes nues. Une seule était belle, elle portait une robe de cotonnade vert de jade. Vraiment une belle fille avec un charme un peu emphatique. Plaisir doré de la peau dans un jardin au soleil. Derrière ces demoiselles l'amour avait les gestes ronds d'un marchand de frites. Un homme pondéré lisait *Le Figaro.* Des mouches du coche reprenaient des forces sous les arbres. Un vieux peintre qui n'avait plus beaucoup de temps devant lui pour devenir célèbre s'était mis dans la tête d'aller voir au Louvre *La Nef des fous* de Jérôme Bosch. Bonne idée. Il portait une chemise arachnéenne de soie noire.

Toute cette gaieté fit sur Louise l'effet d'un cri de désespoir. Elle se voyait marcher comme on se voit de loin s'avancer vers le miroir d'un grand magasin. Le rêve dans ses yeux était comme du sable. Elle s'était éloignée à jamais de cette femme encore jeune qui cherchait désespérément à se marier. Un homme était venu dans sa vie alors qu'elle ne l'attendait plus. Elle lui serait fidèle. (Toutes ces nuits d'amour avaient-elles vraiment eu lieu ?) Autour de ses pas une force éclatante de lumière cherchait déjà à la séparer d'Éric. Un si court bonheur! Oh, si court. Un bonheur qui jaillissait encore de son cœur. Elle n'avait même pas eu un enfant. Mais l'amour l'avait guérie de vivre. Elle eut envie de s'asseoir parmi ces gens heureux.

« S'il en avait eu le temps il aurait écrit un grand livre sur la peinture. » Oui, oui. S'il en avait eu le temps...

Non elle ne se mêlerait pas aux touristes, tout de même elle s'immobilisa, ouvrit son sac pour vérifier si la paire de ciseaux était à sa place. Ces ciseaux venaient de Thiers, ils lui avaient été donnés par sa grand-mère. Elle les planterait plusieurs fois dans le tableau. Les yeux, le nez, la bouche, et ce mélange peint de ruse et d'angoisse serait balayé.

La distance qui la séparait du musée était courte maintenant. Elle eut peur du bonheur de ces gens autour d'elle comme on peut avoir le cœur serré en voyant un aveugle traverser la rue tout seul. Oh! elle avait affaire ailleurs... Une balle vint heurter son soulier, elle la saisit lestement et la renvoya d'un grand geste aux enfants. Ce qu'elle allait faire dans un moment ne serait pas plus difficile. « Mon grand-père m'a laissé ce tableau et ma grand-mère les ciseaux, ils vont se rencontrer. » Pour un peu elle se serait mise à rire.

Maintenant elle avait pris son billet, des visiteurs parlaient gaiement dans son dos. Derniers signes de vie heureuse avant le désordre et les cris. Elle pensa à Éric, rien n'eût pu l'empêcher de détruire le tableau, elle respira avec de grandes précautions, personne ne la regardait. En haut de l'escalier, la grande sculpture mutilée aux ailes dressées chantait depuis des siècles la nostalgie humaine triomphant de toutes les autorités démoniaques. Les tableaux apparurent bientôt. Elle eut l'impression d'apercevoir des tapis usés exposés les uns contre les autres dans l'obscurité d'une foire funèbre. Ces ombres augustes, pâles et parfois bariolées formaient le cimetière de la beauté du monde. Curieusement elles annonçaient de nouvelles beautés et de nouveaux désastres comme si beauté et désastre avaient une histoire commune et secrète. Les tableaux n'avaient aucune communication entre eux, ils étaient pareils à des morts couchés dans la terre qui ne savent plus rien de leur vie passée. Mais la Grande galerie était pleine de lumière, Louise remarqua le parquet presque aussi lisse qu'un miroir.

De loin elle aperçut le tableau, elle eut peine à croire qu'il lui avait appartenu. C'était dans une autre vie, elle ignorait alors que quelque chose allait surgir pour disparaître à son tour. On aurait pu croire qu'elle s'était endormie et que ses yeux venaient de s'ouvrir à l'instant.

À l'autre bout de la salle, là-bas, debout, le dos appuyé contre un mur, le gardien semblait dormir. Oh, ce serait facile, trop facile même. Elle en eut presque honte, elle aurait aimé avoir peur comme pour se distraire du forfait qu'elle allait commettre, mais elle ne ressentait aucune peur, pas la moindre, elle en était étonnée.

Brusquement elle fut en face du Caravage. Il

n'était plus besoin de le voir longtemps, installé dans ses limites nouvelles, il était là. Pourtant, avant d'ouvrir son sac elle le regarda avidement, elle frapperait ensuite de toutes ses forces.

Mais qu'est-ce qui se passait ? Quelque chose d'absolument surprenant, inattendu, un spectacle fantastique qui lui brûlait les yeux. *Le visage devant elle lui souriait avec bonté*. Sa douceur si vraie la pénétrait, elle rayonnait avec une ingénuité fraîche. La gaieté d'une eau coulait sans bruit dans la lumière autour de lui. Elle voyait le tableau pour la première fois, *c'était celui qu'Éric avait toujours vu, le même !* Le même ! Elle était devant lui comme une abeille attirée par le parfum d'une fleur. Dans un unique sentiment de rédemption elle comprit qu'elle était en train de partager le rêve d'Éric. Le même rêve. Comment avait-elle pu penser détruire une peinture aussi belle ?

Elle reprit plus tard le train de dix-neuf heures vingt pour Clermont, ses jambes étaient lourdes, un engourdissement pesait sur elle. Le docteur qu'elle consulta le lendemain lui apprit qu'elle attendait un enfant.

Versailles, 1993-1994.

Impression réalisée sur CAMERON par
BRODARD ET TAUPIN
La Flèche

pour le compte des Éditions Grasset
61, rue des Saints-Pères, 75006 Paris
en avril 1995

Imprimé en France
Dépôt légal : avril 1995
N° d'édition : 9714 – N° d'impression : 6156 L-5
ISBN : 2-246-50771-5